庫

子供の領分

吉行淳之介

中央公論新社

目次

子供の領分

夏の休暇

隣家との境をつくっている長い木の塀の上を、小学五年生の一郎はひとりで行ったり来たりしていた。靴底の幅に足りない狭い場所を歩いてゆくことは、踏みはずさないよう気を使うことにだけ心がいっぱいになって、他のことを考えないで済むし、それに何かしらヒリヒリするような快さがある。すこし冒険をすれば、物置小屋の錆《さ》びたトタン屋根に飛び移って、さらに主屋《おもや》の二階建の瓦屋根にまで登ってゆくことができる。うんと冒険をすれば、塀の行き止りにつづいて聳《そび》えている石崖を、割れ目を靴の先で探しながら上まで登ってゆくこともできる。

塀の上にいる一郎の耳のそばで、不意に法師蟬《ほうしぜみ》が鳴きだした。オーシツクツクと繰りかえしている鳴声で、夏休みがきたという気分が強くなりながら一郎は蟬の姿を探した。

するとすぐ傍の、塀の板すれすれに植わっているツゲの樹の幹に、すき透った翅《はね》をもった小さな昆虫が見えた。法師蟬はとくに敏感でめったにモチ竿《ざお》の先にかからないのに、それがすぐ眼のまえに平気でとまっていることは不思議だった。手をのばせば、そのまま指先に挟めそうな感じだ。もし捕えることができたら、なんという幸運だろう。しかし、油蟬の四分の一ほどの大きさしかなくて、すこし小さすぎるし、形も蜂《はち》にそっくりだ。あるいは、眼の前の虫は蜂なので、オーシックツクという声はどこか別のところから聞えてくるのではないか。一郎は、その虫の小さな軀《からだ》から音が出ているのかどうか、耳と目を緊張させてたしかめようとした。

「おい、イチロー」

男の大きな声が響いて、一郎の眼の前の虫がパッと飛び立った。いままで聞えていた蟬の声は、チチチチというような音に変って遠ざかっていった。あれはやっぱり法師蟬だったんだ、と一郎は自分の決断のわるさを悔み、塀の下に立っている男の方にちょっとうらめしそうに顔を向けた。

塀の下の若い男は、和服姿で機嫌のよい笑顔を見せている。一郎の兄ともおもえる年配だが、父親なのである。一郎はこの父親の姿を、時折チラと見かけるだけだ。幾日も留守にしている父が帰ってきたなとおもっていると、間もなく二階の縁側でパンパンパンと鈍いような冴えたような妙な音がきこえてくる。一郎はその音が、父が両手にもった足袋《たび》の底を打ち合せて埃《ほこり》をはらっている音であることを知っている。そして、その音はまた、父の外出の前触れでもあるのだ。やがて父親の姿は、家の中から消えてしまう。

「一郎、ちょっと降りておいで」

降りるのは厭《いや》だな、地面に降りるとロクなことが起らないんだ、とおもいながら一郎はしぶしぶ塀の上から離れていった。

一郎が塀や屋根や石崖の上が好きなのは、ひとつにはその場所なら安全だという気持なのだ。一郎は勉強が嫌いだし、先生も仲間の生徒たちも嫌いだ。どういうわけか、すぐに気持も話もくい違ってしまう。つまり学校へ行くのが嫌いなのだが、あいにく小学生の一日の半分以上は学校で過ぎてゆくことになっている。学校から帰ってくるといつも一郎は自分の心がすっかり萎《な》えていることを感じる。まるで、心臓が箸《はし》の先でつまみ上げられた味噌汁《みそしる》の中のワカメの束のようだ。だから、ランドセルを部屋のなかへ投げこむと、すぐ塀の上に登ってしまう。

さて、「ちょっと降りておいで」という声に一郎はしぶしぶ塀を降りて、父親のまえに立った。

「明日、船に乗って大島へ連れていってやるぞ。三原山《みはらやま》に登ってみよう」

父親のその言葉は、一郎を興奮させた。真青な海を進んでゆく汽船。火を吐いている山。三原山という火山の名は、一郎にとって刺戟《しげき》的な響をもっていた。この山の火口に飛び込んで死んでしまうことが流行している。つい先日も、この山に投身した若い男女が火口の内側につき出している岩の棚にひっかかって、奇跡的に救い出された、という新聞記事を読んだばかりだ。

夏休みの旅の目的地としてこの上ない場所だ、と一郎は思う。しかし父親と二人きりの旅だとすれば、ちょっと迷惑な感じもある。「何だって、そんな珍しいことを思いついたのだろう」と、一郎は思う。

「お母さんは一緒じゃないの」

「お母さんは、軀の加減がわるいから、家に残るんだ」

と、父親は答えた。

一郎の視界のなかに、父はめったに居ることがない。そして、たまに父と向い合っていると、一郎は動かし方の分らない機械の前に坐っているような気分に襲われることがある。

たまたま家の中に姿をあらわした父親が、不意に烈《はげ》しく一郎を叱りつけることがある。一郎には、どう考えても叱られる筋道が分らないのだ。「ぼくには何も叱られる理由がないのだ」と一郎は、恐ろしさを我慢しながら、抗議の言葉をわめくこともある。しかし、そういうことが度重なってゆくうちに、一郎はしだいに理解しはじめた。つまり、叱られる理由が何もないというところに鍵を探さなくてはならぬということ。父親の側から放射される怒りの波は、一郎を目指して押寄せてくるのではなく、たまたまその道すじに一郎がいて、その怒りの波につき当ってしまう場合が多いこと。

だから、父親の身のまわりに子供の頭でははっきり了解できない現象が起ってもさして不思議におもう必要はない、と一郎は考えるようになっていた。

父についてのその種の現象は、翌日の汽船の上でも起った。

汽船が岸壁を離れてまもなく、一郎父子二人だけのはずの船室に若い女が入ってきて、父親の傍にすうっと坐った。唇がひどく赤くて、白いレースの手袋をしていた。美人だとおもった。父親は機嫌がよくて、一郎とその若い女とを食堂に連れて行ってくれた。波の大きなうねりを感じさせるように、ゆっくり揺れているテーブルに向ってエビのフライを食べた。船室に戻ってから、しばらくするうち一郎は気分が悪くなった。気分の悪さを隠せなくなると、父親はみるみる不機嫌になった。

若い女が、一郎の傍へ寄って背中を撫でようとすると、父親は、

「ほっておきなさい。だいたい、気分が悪くなりそうなのに、食堂へついてくるのがい

けないんだ」

と荒い声で言った。

一郎は船室のベッドに横になって、手足の先だけ冷たくなる重苦しい気分を我慢しているうち、不意に生温いものが喉《のど》もとにこみ上げてきた。

一郎が吐いたのを見た父親は、今度はにわかに優しくなってしまった。

「船に酔ったんだな、そのまま横になっていなさい」

と言いながら、どんどん汚物の始末をはじめるのだ。

こんな小事件もあって、一郎父子と一郎には未知の若い女を乗せた汽船は、島の船着場へすべりこんだ。

宿屋が並んでいる場所に近づくと、若い女は別の宿屋に入ってしまった。一郎が父親と晩飯を食べ終ったとき、宿の若い女将《おかみ》が部屋の入口にきちんと坐って挨拶の言葉を述べた。一郎がハッと眼を見張ったほど美しい婦人で、浅黒い細面に紺絣《こんがすり》の着物が匂うようだ。一郎が自分の胸にうけた感動を、何かの形で表現したいと焦ったりためらったりしているうち、父の声が傍からさらりとした調子でこう言った。

「奥さん、とてもお綺麗ですね」

「そう、そう言えればいいわけなんだが」という先を越されたような気持と、「ずいぶん欲張っているな」という気持とを同時に覚えて、一郎が父親の方に眼を向けると、そこには一人の青年の横顔があった。

その横顔は、抵抗できぬ美青年のものとして、一郎の眼に映ってきた。

まったく一郎の父親の年齢は若かった。異常なまでに若い。一郎が生れたとき、父親は数え年十九歳、母親は十八歳であった。

一郎が小学校の下級生になったころ、母の年齢はともかく、一郎より若い父親を持った生徒は皆無であった。一郎はそれが自慢で、級友の誰彼となく摑まえて、「きみのお父さんは、いくつだい」と訊《たず》ねた。相手は例外なく、一郎の父親の齢《とし》より多い数字を答えた。すると、武者修行に勝った武士のように、一郎は得意になった。

ところがその気持は年を加えるにつれて変ってきて、一郎はその話題を好まなくなっていた。先年までは、時折、父と一緒に食事に行った店などで、女給や女中などが「お兄さんは……」と父親のことを一郎に訊ねたりすると、「ちがわい、お父さんだい」と訂正を申し込んだものだ。しかし、近ごろでは、そのような場合には一郎は黙りこんでしまうことにしていた。

だが、大島の宿屋では違っていた。その夜、一郎が便所へ行くために長い廊下を歩いていると、あの若い女将が不意にあらわれて、「坊ちゃんのお兄さんはね……」と話しかけたのだが一郎はそのとき冷たい調子で、「ちがうんだよ、僕のお父さんだよ」と答えたのだ。

このように、一郎は大そう早熟であったが、肉体に関してのはっきりした知識を持っているわけではなかった。肉体に関しては、漠然とした小さな波立ちを覚えるだけであった。

翌朝、一郎が眼を覚したとき、父親は傍の布団の中でまだ眠っていた。一郎は、大きな下駄をつっかけて宿の裏庭をぶらぶら歩いた。空気には潮の匂いと土の匂いと、そして朝の匂いがしていた。やがて、土の上に大きなみみずを見つけた一郎は、脚をひろげてズボンのボタンをはずした。小便をひっかけてやろうと、悪戯心《いたずらごころ》が起ったのだ。大きく息を吸いこんだとき、空気のなかに混った香料の匂いが鼻腔《びこう》を衝《つ》いた。そのままの姿勢で首をまわすと、昨日の若い女がうしろに立っていて笑いながら言った。

「みみずにおしっこを掛けると、おちんちんが脹《は》れるっていう話よ。やめた方がいいとおもうわ」

「そんなことあるもんか、迷信にきまってるさ」

昂然とした口調でそう言うと、一郎はジャーッとみみずに向って、生温い液体を浴せかけた。一郎は、父親の連れらしい若い女の美しさに、馴染みはじめていたのだ。みみずは、Sの字になったりQの字になったりして、ばたばたと身をくねらせていた。

「あーら、一郎さん、大変よ」

女は親しげに一郎の名を呼ぶと、

「一郎さんのおちんちん、ずいぶん可愛らしいのね、ほんとにふしぎなくらい可愛いわ」

と言って、けたたましく笑い出した。その笑いはあまりに長く続いてちょっと異様な感じがあった。女はにわかに笑いを収めると、まじめな声音にもどって、

「パパはもう、お起きになって」

「まだ、眠ってるよ」

「おつたえしといてね。みんなで一しょに三原山へ登りましょうってね」

昼すぎ、火山へ登ることになった。父親は馬を二頭とロバを一頭、用意させた。ロバは一郎の前に連れてこられた。

「僕も馬がいいんだ」

一郎が言うと、

「それなら、ちょっと乗ってごらん」

と、父が笑いながら言った。馬子《まご》の手で、馬の上に押しあげてもらってみたが、一郎の足は鐙《あぶみ》に届かない。

一郎の乗ったロバは、鈍重で頑固で、ときどき横を向いたり動かなくなってしまう。そうすると、付添っている馬子が手綱を力一ぱい引っぱって、まるで引きずるようにしてロバを動かすのである。道行く人々は笑いながらその光景を眺めている。

「やーい、歩いた方がはやいぞう」

と、島の少年がはやしたてたりした。

若い女の馬にも馬子が付添っていたが、この方は滞りなく進んでいって、その馬とそれと並んで進んでいる父の馬と、二頭とも一郎の視野から見えなくなることがあった。一郎は渋り渋り動いてゆくロバの上で気を揉んでいたが、そのうちあきらめてあたりの風景など眺めはじめた。土地はだんだん登り坂になり、両側に単調につづいている木立に不意に切れ目ができて、はるか下の方に小さく海岸線の風景が覗《のぞ》いたりした。道はいくつもいくつも曲って続いて行った。

一郎の前の道には、しばらく父親と若い女との姿が見えていなかったが、一つの曲り角を曲ると一郎の眼のすぐ前に二人の姿があった。

　女は馬から降りて、道端の木の株に腰かけて脚を前に投げ出していた。父は女の脚の上にかがみこんで、白いハンカチで脛《すね》のところを縛っているところであった。ハンカチに真紅な血が滲《にじ》み出して、それが少しずつ大きさを拡げはじめた。

「馬がちょっと暴れやしてね、このねえさんを松の木の幹にこすりつけちまったんでさ」

　と、馬子が一郎に説明してくれた。

　血の色が、くすぐったいような泣きたいような妙な気持を一郎に起させた。父親は一郎の方を向かずに、ハンカチの上で拡がってゆく血を眺めていたが、やがてその血痕が拡がるのを止めたのを見ると、一人だけ馬に飛び乗って並足で先へ行ってしまった。

　若い女はゆっくり立上ると、びっこを曳《ひ》きながら一郎に近寄ってきて、耳もとでささやいた。

「一郎さんのママにね、あたしが怪我したってこと内緒よ。いいえ、あたしに会ったってことが内緒なのよ。言ってはいけないのよ、わかったわね」

　一郎は素直にうなずいた。なんだか、その若い女が可哀そうにおもえたからだ。そして、その女のことを母親に話すと、母親にとっても可哀そうなことになるような気持が、漠然としたからだ。

三原山には、火口の近くに小さな砂漠がある。砂漠の周辺には土産物店が並んでいて、登山客はその場所で馬を下りる。馬子に馬をあずけて、ラクダに乗ってこの砂漠を横切り、あとは徒歩で火口に近づく。

ラクダの背には四人の人間が坐れる形の籠《かご》がくくりつけられてあって、一郎親子と若い女とははじめて一緒になって一頭のラクダの背に乗った。記念写真師が走り寄ってきて、執拗《しつよう》に記念撮影をすすめるのだ。

父親は横を向いたきり返事をしない。誰も言葉を発しないで、中年の写真師のだみ声だけがあたりにひびいた。

「ねえ、いい記念になりますぜ。奥さんどうですか、ひとつ旦那さんにすすめてくださいな」

ラクダがゆっくり歩きはじめてからも、写真師は小走りについてきて、言葉を投げ上げてきた。女は、とうとう硬い声で叫んだ。

「やめてちょうだい。写してもらったって、何にもなりはしないんだから」

砂漠には、あちこち熔岩《ようがん》が黒い先端をのぞかせていた。

砂漠を横切って、向う側でラクダを下りる。歩いてゆくと斜面が急に勾配《こうばい》を烈しくして、その尽きるところが火口である。火口のまわりには、粗末な木の柵がめぐらしてあって、一定の線より向う側は立入禁止になっている。

一郎の眼には、火口が映っている。白い薄い煙を透して、火口壁の内側の向いの壁の色がぼんやり浮び上っている。硫黄の蒸気の臭いが、ただよっている。

一瞬、一郎はかるい眩暈《めまい》を覚えた。気がついてみると、一郎は、ズボンのポケットに入れた手の指で、太腿《ふともも》の肉をぎゅっと摘《つま》んでいた。自分でははっきり気づいていなかったが、脚だけ勝手に走り出すかもしれないような不安に襲われていたものとみえる。

ふと、一郎は父親の方を見た。一郎は一瞬、瞳を凝らして、次の瞬間あわてて目をそらした。若い女の白い手首を上からがっしり摑んでいる父親の大きな逞《たくま》しい手が、クローズアップされて、一郎の眼にとび込んできたからだ。

その白い手は、もだえるようだった。父親の太い指は、汗ばんでいるようだった。はっきり意味は分らないのだが、一郎は見てはいけないものを見てしまった気持に陥った。

ふたたびラクダに乗って砂漠を横切った。土産物屋の前をとおり過ぎていると、一軒の店の中から男の声がひびいた。

「無事に生きて戻れて、おめでとうございます」

一郎はハッとして、若い女の白い手首におもわず視線が向った。先刻、父親の強い力で握りしめられたときの指型が、赤くそこに残っているような気がしたからだ。一郎たちが通り過ぎてから、また土産物屋の男の声が同じ言葉を叫んだ。一郎が振向いてみると、丁度その店の前を数人の観光客が通り過ぎているところだった。そして、その男の声にはオドケた調子が含まれていることに気づいた。その声は、客の注意を自分の店に惹くための気の利いた冗談として、その言葉を繰返して叫んでいるのだった。

帰路は下り坂なので、三人は歩いて行くことにした。

単調な山道がつづいた。一郎は石を蹴ったり、折り取った木の枝を振りまわしたりしながら、父親と若い女の後から歩いていった。女の白いブラウスに汗が滲《にじ》みはじめた。一郎はそれを仔細に眺めていた。やがて、薄い布が背中にぴったりくっついたころ、一郎は尿意を覚えた。立止って、道の両側につづいている木立のうちの一本の樹の幹の傍に歩み寄った。ところが、ペニスを出したとき、一郎はそれが今までとは違った大きさになっているのを見出した。咄嗟《とっさ》に、一郎はこう思った。

「やっぱり、あの女の人の言ったことは本当だったんだ。みみずに小便をひっかけたせいで、おちんちんが脹れちゃった」

この朝、女の言葉に迷信だといって反対した一郎は負けたことになるわけだが、気持は華やかになっていた。立止っているあいだに、かなり離れてしまったその女との距離を一足飛びに縮めて、うしろから追いすがって新しい発見を告げてみようかと、一郎は思った。

しかし、一郎のなかにその行動をとらせないものが潜んでいて、一郎の脚をおさえつけた。それはまた、一郎に「みみずのせいではないんだぞ」という言葉をささやいていた。だが、何のせいか結局その声は告げてくれない。

坂道が平らな道に変り、やがて宿屋が見えてきた。若い女は一人離れて、別の宿屋へ入っていった。

昨日のように、夕飯を父親と一郎と二人で食べた。今夜は若い女将が付添って給仕をしてくれた。食事をしながら、父親と女将とこんな会話をしていた。

「旦那も隅に置けませんわね、きれいな方とお山へ登られたそうじゃありませんか。今夜あたり、噴火があるかもしれませんわよ」

「もう情報が入りましたか」

「ちゃーんと。ご一緒にお泊りになればいいのに」

「そうもいきませんよ。ところで、純粋の椿油《つばきあぶら》を手に入れたいのだけれど」

「ああら、椿油でごまかされちゃった」

女将の言葉づかいがしだいに馴れ馴れしくなってきているのに気づいて、一郎はなにか不吉な気持に捉えられはじめるのだ。

翌日は島を離れる予定だった。朝、旅装をととのえた一郎と父親は船着場に行くと、あの若い女が小さなスーツ・ケースを提げて立っていた。一郎は、もちろん三人一緒に同じ船に乗って帰るのだと思っていた。しかし、それは違っていた。父親とその女とのあいだでは、もう話し合いが出来ているらしく、彼女は一郎の肩に片手を載せて、

「一郎さんは、パパとご一緒に別のお船で伊豆半島に渡るのね。いいわね、うらやましいわ」

「そんなこと、ぼくは知らなかった。一緒に行けばいいじゃないか」

　と一郎が言うと、若い女はふっと、いじめられた女の子のような表情をのぞかせて、黙った。ずっと黙っていた父親が横から、ぽつんと言葉を投げてよこした。

「熱川《あたがわ》に行ってみるかな」

　その土地の名は、一郎は知らない。だから、父の言葉は若い女に向けられたものだ。女の人が父の顔に視線を向けた。そのとき、彼女の眼の白いところが、ピカリと青く光ったようにおもえた。

「五日ほど、逗留《とうりゅう》してみるか」

　と父が、またぽつりと言った。

「五日ほど」

女の人が、口のなかで呟《つぶや》いた。

若い女の姿が汽船の甲板の上に立ってこちらを向いて手を振った。父は、手を肩のあたりまで上げて応えると、

「一郎、サイダアを飲みに行こう」

と、汽船にくるりと背を向けて、どんどん歩いて行ってしまった。

熱川は伊豆半島の鄙《ひな》びた土地にあって、海岸の温泉だった。宿屋の窓からすぐ斜め下に、波打際が見えた。海岸にはわずかの人影しか見られなかった。一郎は、宿屋の一室で途方に暮れていた。なぜ父親がこんな田舎に息子と一緒に滞在しているのか、見当がつかない。ことに、一郎の父にはいつでも軀を動かしていなくては気が済まぬようなところがあった。料理店で食事をしても、ゆっくり煙草を喫うこともせず、車でどこかへ飛んで行ってしまった。理髪店へ行っても、待っている暇に床屋の助手を近くの空地に引っぱり出して、相撲を取ったりしていた。「突倒しで三度つづけて勝ってやった」と父は理髪店から帰ってくると自慢をした。翌日、一郎が散髪に行くと、床屋の助手は額に絆創膏《ばんそうこう》を貼っていて、「君のパパには閉口だよ」と一郎に愚痴を言った。

そのような父が、変化の乏しい田舎の温泉に、何のために滞在しているのか、一郎に

は分らない。それに、毎日、父と同じ室で暮すことは苦痛だった。あのときあの女の人と同じ船で帰って、今ごろ自分一人だけで塀の上や屋根の上で遊んでいることが出来たなら、どんなに気楽だったろう、と一郎は考えたりした。

熱川へ来てからは、父は機嫌がわるく、畳の上に寝そべって昼寝をしていたかとおもうと、むっくり起き上って裸になり海岸へ走り出て海に飛び込んだりした。そのような父を、一郎はどう取扱ってよいのか、気詰りで閉口した。

ところが、夜の食事のとき、一郎が何気なく膳の上に並んだ食物にひっかけて語呂合せの駄洒落《だじゃれ》を言ってみた。すると思いがけなく父が愉快そうに笑って、自分でも洒落を一つ言った。一郎は調子づいて、駄洒落を連発した。膳の上の食品の一つ一つにたいして、語呂合せをしてみた。その度に、父は笑うのである。そして、もう一郎はすこしも可笑《おか》しくなくなってしまっている。一郎には、洒落を言う作業がひどく苦痛になってきた。「おや、鯛とはありがタイ」と言ってみて、やはり父が笑うので一郎は気味がわるくなった。父がどうかしてしまったのではないか、と考えたりした。

このように、些細《ささい》なことが一つ一つ不安定な不吉な翳《かげ》を曳いているものとして、一郎の眼に映ってくるのだ。

朝、便所へ入ると、肥壺《こえつぼ》に落ちてゆく糞が真白に見えたりした。吃驚《びっくり》した一郎がいろいろたしかめてみると、やっと光線の加減によるものであったことが分ったりする。畳の上に寝そべっていると、海の音が異様にはげしく鳴りはじめたような気がする。津浪がくるのではなかろうかと、怯《おび》えはじめたりする。

父親が不意に思い立って、宿から野球のグローブを二つ借りると、一郎にキャッチ・ボールをやろうと言いはじめたりする。宿の前の砂地で、父は一郎に向って渾身の力をこめて硬いボールを投げつけてくる。一郎は、意地になってそのボールを受けとめる。そのうち父の投げた球が、大きく横に逸れてうしろの雑草の叢《くさむら》にとび込んでしまう。土の色の見えないほどびっしり生えた草の根を靴で踏み分けながら、一郎はボールを探さなくてはならない。グローブをはずすと、左手の掌《てのひら》には赤く血の色が集って、ヒリヒリ痛い。父親の姿は見えなくなっている。

父親は何の関連もなく、いきなり、

「一郎、おまえの髪の毛は暑くるしそうでいかんな、坊主刈りにした方がいい。これから村の床屋へ行こう」

と、言ったりする。

一郎はものごころついたときから、ずっと髪の毛を長くしている。何の理由もなく、それを急に切り落してしまうことは、一郎にとっては大事件だ。そう簡単にきめられることではない。一郎は、頑《かたくな》に首を横に振りとおす。父親は怒り出す。そして、父は一日に五回も温泉に入る。この田舎の退屈な場所から、なぜ父がはやく出発しないのか、相変らず一郎には分らないのだ。

この土地にきて三日目のことだ。夏の太陽はこの日もギラギラ光っている。海岸へ出てみると、砂のなかの細かい石英《せきえい》の粒が白い砂地のひろがりの上でてんてんと燦《きら》めいているように見える。風が強く、朝から海は荒模様だ。父親は一郎を促してどんどん海岸線を歩いてゆく。隣の浜はいくらか賑《にぎ》やかだ。そこにある貸ボート屋の前で立止ると、父は優しい顔を見せて、言った。

「一郎、サイダアを飲もうか」

ボート屋の板のベンチの上でサイダアを飲み終ると、父は一郎をボートに載せて沖へ向って漕ぎ出した。すこしも休まず、父はオールを動かした。海岸に打ちよせる波の白いしぶきが、やがて二、三条の白い線として目に映るようになった。浜の人影は黒い点になってしまった。

「一郎、オールを流さないようによく番をしていろよ」

不意に父が言って、さっと着物を脱ぐと、海の中に飛び込んで勢よく泳ぎはじめた。

一郎はオールをボートのなかに引上げると、波間に見えがくれする父の頭を心細い気持で見詰めていた。ひどく長い時間が経ったようにおもえたとき、にわかにボートがぐらりと傾いた。あわてて父の小さく見える黒い頭から眼を離して一郎が振向くと、ボートの縁に白い指先が十本並んで懸《かか》っている。何事が起ったのか、すぐには一郎には分らなかった。次の瞬間、その指の上の空間に女の顔が浮び上った。髪の毛がぴったり顔の輪郭にくっついて水をしたたらせているその女の顔が、あの島の船着場で別れた若い女の顔であることが分ったとき、その女がこの海の水平線の向う側の土地からここまで泳いで来たにちがいない、と一郎は咄嗟に思い込んだほどであった。

女は一郎の顔を見て、ちょっと白い歯をみせると、ボートの舳《へさき》へ泳いでまわってそこから舟のなかに這《は》い込んできた。まっ黒い水着がぴったり軀にくっついて、肌が濡れて光っていた。

「オーイ」

おもわずボートの上に立上って、一郎は父の方へ叫んだ。自分の手にあまる事柄が起ったために、助けを呼んでいる気分もあった。ボートの上の気配が通じて、父親は烈しいスピードで泳ぎ戻ってきた。彼はボートの端に手をかけて顔を上げると、強い声で叫んだ。

「さわ子、どこからきた」

一郎は、このとき初めて、この若い女がさわ子という名前であることを知った。父がその会話のなかで、はじめて女の名前を呼んだのだ。

「父は待っていたんだ」と、ふっと一郎は思った。たしかに父親は、自分の心のなかに潜りこんでしまった待つ気分に苛立《いらだ》ちながら、この三日間を鄙びた土地で過していたのだ。

そして、このときほど強い不安定な気分が一郎を脅《おびや》かしたことは、この三日のあいだでも初めてだった。ボートの中には、烈しい切羽つまった気配が流れているようだった。一郎は、さわ子さんがいまにも泣き出すのではないか、とその顔を見詰めて考えていた。父の方には何となく視線を向けるのが恐ろしい気持だった。しかし、しだいにさわ子さんの表情はやわらかく崩れて、彼女は気の抜けたような笑いを浮べた。

「バスの停留所からここまでの道を歩いているとき、ちょうど岸を離れかけているボートが見えたんですの」

「よく泳いできた」

父親は呟くように、そう言った。

陸へ上ると、父とさわ子さんはボート屋にある脱衣所の方へ歩いて行った。その後についてゆくのが、一郎には何となくためらわれた。海岸を一人で往ったり来たりしているうち、岩の深い窪みの中で、黄と黒の縞《しま》模様の入った小さな扁《ひら》べったい魚が泳いでいるのを見つけた。一郎は、その魚を追いかけることに気を奪われようとしてみた。魚はすばしっこくて、どうしても摑まえることができない。まもなく一郎は、その魚を捉えることに熱中しはじめた。一郎は、カンヅメの空罐《あきかん》を拾ってきて、それで窪みの水をみんな汲み出してしまおうとした。錆びた空罐は小さいものなので、水はなかなか減らない。一郎は執拗にその単調な作業をつづけ、一時間ほどのちに魚は窪みの底の乏しい水のなかで軀をななめに倒して跳ねていた。一郎は胸をときめかせて、両手で魚を掬《すく》い上げた。掌の皮膚を、なめらかな弾力がくりかえしはじきつづけた。口の欠けた空ビンを拾ってきて魚を入れた。父親とさわ子さんは、浜の奥の方の木陰に脚をなげ出して坐っていた。父の軀の側に、さわ子さんは片手をついて、その掌に自分の体重を寄せかけている恰好だった。洋服から剝《む》き出しになっている白い腕が、しなっているように見えた。

一郎はその方へ向って、ガラス瓶を高く差し上げて示した。しかし瓶の中の魚は、そのときにはもう白っぽく色褪《いろあ》せて見えた。あの岩の窪みで見つけたものとは別のものになっているのだった。一郎はちょっとためらったのち、瓶をもった腕を大きくぐるぐる廻しはじめた。魚の入ったガラス瓶は、海の中へ大きな弧を描いて落ちていった。

風は一層強くなってきた。太陽はすっかり低くなって、うしろの山の陰が大きく海の上にかぶさってきた。暗い色になった海では、高い波が立っている。

「ともかく、一しょに宿に来るんだな」

父親がそう言って、立上った。強い風のために、砂の上は大そう歩きにくかった。隣の浜から、宿屋までは案外道のりがあった。

三人が宿の見える地点にくると、どうしたわけか海岸に面した宿の窓のことごとくから顔が突出ていて、一郎たちの方を眺めているのが見えた。その首の数は三十もあるかとおもわれた。さわ子さんは、歩みを遅くしてすこし距離を置いて歩きはじめた。

「どうしたんでしょう」

一郎は父親の横顔を見上げて訊ねてみた。父は黙って首を振った。

宿屋の窓から突出ているたくさんの首は、一郎親子が近づいてゆくと、一斉に笑顔をみせて歓声をあげた。手を振るものもあった。さっき一郎は、こんなに沢山《たくさん》の客が宿にいた筈《はず》はないと思ったのだが、その首のなかには宿の女中や番頭の顔も見えているのだった。

「いったい、どうしたのです」

父親が番頭の首を見上げて、言葉をかけた。

「よかったね、よかったね」

という声が、あたりから浮び上ってきていた。番頭は、

「いえね、さっきそこの海で人が溺《おぼ》れたらしいのですが、死体も上ってこないし、誰が溺れたのか分らないんで。旦那さん方の姿がどこにも見当らないもんで、こいつはてっきり、とみんなで心配していたところなんですよ」

「そうでしたか」と答えた父親はつづいて、「みなさんご心配をかけて申しわけありませんでした」と窓の方を向いて大きな声で言った。その父親の傍で一郎は自分の中に、晴れがましい気分が湧いてくるのを眺めていた。

「なんだかエベレスト山に登って帰ってきたみたいだな」と一郎は、ちょっとコッケイな感じに捉われながらくりかえして呟いていた。窓の首は、だんだん消えて行きはじめた。そのとき、その一つの首が言った。

「死んだどころか、きれいなねえさんが一人増えているよ」

一郎が振返ってみると、さわ子さんがうしろに佇《たたず》んでいた。さわ子さんの顔に、いじめられたような表情が通り過ぎた。

水死人の死体は、夜になっても上らなかった。身許もはっきりしない。村の人間も宿屋の人間も減っていないのだから、通りがかりの旅人だろうという話であった。

村の青年団が、宿の前の浜でかがり火を焚いて死体の捜査をつづけていた。風は相変らず強く、波はときには壁のようにそそり立って打寄せてきた。

村の青年は逞しい裸体の胴に長い縄を巻きつけて、荒れた海に挑んだ。砂浜の上に渦《うず》巻《まき》状に積み上げられてある縄は、青年の軀が波をくぐって沖へ進むに従って、どんどん繰出されていった。万一の場合に救助綱の働きをするための縄らしかった。波をくぐりそこなって、大きな波に巻き上げられてしまう青年もあった。そんなとき、青年の裸体はそそり立つ氷柱に詰めこまれた青白い花のように波の中に透けて見えた。岸で見守っている人々の口から、おもわず歓声に似たざわめきが洩れるのだった。

荒れくるっている海を泳ぐことだけで青年たちには手いっぱいで、死体を探す余裕はなさそうだった。むなしく岸へ戻ってくる青年たちは、真夏というのに寒さのために青ざめていて、焚火に獅嚙《しが》みつくのだった。そして、冒険が青年たちを昂奮させて、彼らは声高に話し合っていた。かがり火と焚火はますます勢のよい焔《ほのお》を上げ、もうもうと黒いけむりと火の粉を空に噴き上げていた。

この光景に、父親はしだいに昂奮しはじめて、

「俺も探しに行ってくる」

と、いまにも着物を脱ぎ捨てて、海に走りこむ気配を示した。

「やめて」

と、一郎は叫んだが、もう父親を引止めることは半ばあきらめていた。しかし、結局、父は思いとどまった。さわ子さんが、力が脱けたように両膝を砂の上に落すと同時に、父の軀をうしろからしっかり抱きとめて、細い声をあげて繰返し制止したためなのだ。

その夜は死体は見つからず、やがて村の青年団は引上げて行った。

翌朝、空はまったく晴れて強い輝きを含んだ青色だったが、海は相変らず荒れていた。浜には、海草や材木のきれはしや貝殻やズックの靴の片方や、さまざまなものが打上げられていた。死体捜索は海が凪《な》いでからあらためて行われることになった。浜には人影がほとんど見えなかった。

「俺は海水浴に行ってくるよ。今日は、もうかまわないだろう」

と、父親が言い出した。

「おやめになった方がいいわ、危いものがいっぱい流れてきていますもの」

泣き出しそうな声で、さわ子さんが言った。

一郎は、黙って海を眺めていた。

やがて、パンツ一枚の父の姿が、広い背中を見せて海に歩いて行った。白い飛沫を蹴立てて水に飛びこむと、鮮かな抜手《ぬきて》を切って泳ぎはじめた。大きな波を、巧みに乗越えながら、どこまでも沖に向って進んでいった。

父はまるで二度と引返すことがないかのように、どこまでも沖に進んでゆく。

「一郎さん、だいじょうぶかしら、どうしましょう」

手首が痛いので、一郎が気がつくと、さわ子さんが堅く一郎の手首を握りしめて、海に向って眼を見開いていた。

海では父親の頭が、黒い小さな点となって見えていたが、やがて海のひろがり一面に三角形に騒ぎ立っている波のあいだに紛れて、見えなくなってしまった。

あと何十分か経てば、あのがむしゃらな父親の姿は、この海のどこかから現れてくるにきまっているのだと考えながらも、一郎ははげしい怯えがからだを突抜けてゆくのを覚えた。それと同時に、なにかしら解放感のようなものが、甘くひろがってゆくことにも気づいていた。

暗い半分

入学試験の日が、迫った。

先輩に世話してもらってあったQ市の宿に行くと、狭い二階家に八人もの受験生が泊っていて、探り合うような視線をかわしたり騒々しく話し合ったりしていた。

この家は、普段は下宿人を置いてはいないのだが、試験期になると受験生のために宿を貸してくれるということだった。主婦は小肥《こぶと》りの中年婦人で、信心深く親切に世話してくれると聞いていたとおり、試験の日の朝になると大きな声でのりとのようなものを神棚に向って捧げ、ぼくたち受験生を送り出してくれた。

二日間にわたる学科試験は、さんざんの不出来だった。十分の自信をもっていたぼくは、すっかり目算が外れて落胆してしまった。宿の窓から見る橙《だいだい》色の夕焼が、ひどく意地悪な色におもえたりした。

宿の八人の受験生にも、試験の出来不出来がそれぞれ正確に反映していた。浪人を二年しているという眼鏡をかけた痩せた男が、もっとも陽気になっていて、シャレを連発したり、試験問題の解答について説明したりしていた。

千人以上の受験生から学科試験によって百六十人を選び出して口頭試験を行い、百二十人が入学を許可されることになっていた。口頭試験を受ける資格のある百六十人の名前が発表になるまでには十日間あるので、大部分の受験生は一旦《いったん》Q市を去ることになる。

ぼくは、自分の答案を思い浮べて厳密に採点をしてみた。百点満点として、六十二、三点という結果が出た。これでは到底、口頭試験を受ける資格は取れそうもない。宿の主婦は、毎朝大きな歌うような声でのりとをあげていた。この婦人とも、もう二度と会うことはあるまい、とおもいながらぼくはQ市の宿を去った。

ところが意外なことには、合格の通知がとどいた。ぼくは欺《だま》されているような気持で、口頭試験を受けるためにもう一度Q市に旅立った。

この前のときとはうって変って、宿は閑散としていた。あれほど陽気に騒いでいた眼鏡をかけて痩せた男の姿も見えなかった。

「うちに泊った方たちでは、あなた一人だけ合格です。あなたが合格することは、ちゃんと私には分っていましたよ。大明神《だいみょうじん》さまのお告げがあったのです」

　宿の主婦はぼくを見るとそう言った。その婦人の眼は、薄い半透明の膜がかぶさっているような、あるいは瞳孔《どうこう》が二つあって焦点が曖昧《あいまい》になっているような、どことなく異様で捉えにくい光りかたをしていた。

「いや、今度の試験は失敗してしまった、合格しているのが不思議なのです。口頭試験を受けるのは無駄なくらいなもんですよ」

　とぼくは返事をして、暗くなると早速、与えられた二階の部屋の蒲団《ふとん》にもぐりこんでしまった。こうしてわざわざQ市まで旅して来ていることが、まったく無駄なことのように思えて、ぼくは気が滅入っていたのだ。

　うとうとしかけていると、不意に階下から例ののりとを誦《しょう》する主婦の声が湧き上った。その声はながながと続いていたが、ふっと掻《か》き消すように途絶えた。まもなく、急ぎ足に梯子段《はしごだん》を登る足音がして、ぼくの寝ている部屋の戸が開くと、主婦の声がした。

「たいへんです。たいへんです。いま、ちょっと心配になったもので大明神さまに伺いを立ててみたら、あなたは及第と落第の境目にいるそうです。そうなると、よほど口頭試験でがんばらなくちゃ。ちょうど都合がいいことに生徒主事の先生とご懇意にしていますから、一緒にお宅へ伺って明日の試験の心得をお訊ねしてみましょう」

ぼくはひどく億劫《おっくう》な気分だった。

「そんなことしても無駄ですよ。今度の試験は失敗なんだ。ぼくは眠たいのだけど」

婦人はどんどん部屋の中へ入ってくると、スイッチをひねって電燈をつけ、「さあ、さあ、そんな横着なことを言わないで、はやく、はやく」と言いながら、ぼくの掛蒲団をはぎ取った。

暗い夜の街路を、ぼくは意地悪をされている気持を抱いて、婦人のあとから歩いて行った。町角に果物屋があって、その店先には黄色い電気の光が溜っていた。立止った婦人は、「先生にちょっとお土産《みやげ》をもって行かなくちゃ」と呟いて、平べったい箱に並んだ苺《いちご》を二箱、白い紙につつませた。

ぼくは少し離れたところに佇《たたず》んで、婦人が懐《ふところ》から旧式の財布を引出し、すこし背をかがめて留金をパチンと外している様子を、ぼんやり眺めていた。

先生は、婦人とぼくを応接室に通してくれた。毛穴がないようなつるりとした皮膚を血色よく光らせているこの先生は、せかせかした調子でこんなことを言った。

「君は、いったい何点ぐらい取れているとおもっていますか」

「せいぜい、六十二、三点だとおもいます。だから、学科試験で落第するとおもっていたのですが」

すると意外にも、先生は満足そうな表情で深くうなずくと、

「なかなかよろしい。丁度、君の考えていたとおりの点数です。たいていの人は、八十点とか何とか返事をするものです。ほんとうにそう思い込んでいるのだから困る。ところで百六十人合格しているうちの何番ぐらいと思いますか」

「きっと、ビリの方だとおもいます」

「これは違った。百二十人が入学できるわけですが、そのすれすれのところだ。だから、明日の口頭試験はしっかりやりなさい。今夜はよく眠ることだね。今度もし落第しても、今年これだけ出来ているのだから、来年は必ず合格できる、そうおもってガッカリしないように」

　すると、宿の主婦が横から口を出した。

「先生のおっしゃるようにあなたは帰っておやすみなさい。わたしは、ちょっと先生とお話があります」

　合格する可能性があるということが分ったので、ぼくは大分うれしくなってきた。いままで、信心深い婦人の親切がわずらわしく思えていたのだが、今となってはありがたく思えはじめた。しかし、ただそう思っただけでそれ以外のことには少しも考えをめぐらせなかった。

宿に戻って、部屋の蒲団にもぐっていると、玄関の戸の開く気配があって、やがて梯子段を踏む足音がひびいた。そして、主婦の声がした。

「たいへんです。たいへんです。先生がおっしゃっていましたよ。あなたのような態度では落第だそうです」

その先生の家で、ぼくは平素と違った態度をとった覚えはなかったので、意外におもった。

「どうかしたのですか」

「あなたのようにね、応対の具合などが落着いていると損なのだそうよ。世馴《よな》れていてズウズウしそうに見えるのですって。もっと、朴訥《ぼくとつ》そうにオドオドしたり、顔を赤くする人の方が印象がいいのですって」

「そんなことを言われても、これはどうしようもないですよ。お芝居をしてみせるほど、ぼくはズウズウしくないし」

「ともかく、そういうご注意があったのですから、明日は気をつけてくださいよ。だけど、やっぱり大明神さまのお告げのとおりだったじゃないの。先生のところへ伺ってみて、よかったわねえ。なにしろ、大明神さまにお訊ねすると、場合によっては試験問題までお告げがあるくらいなんですからね」

割り切れないうっとうしい気持を抱いて、ぼくは眠りに入った。

翌日、口頭試験は第一室と第二室と二回にわたって受けることになっていた。第一室に入ると、正面のテーブルに並んでいる三人の試験官の中央に、昨夜の生徒主事の先生がいた。

簡単な試問があって、やがて主事の先生がこういう問を出した。

「君、読書は好きですか、どんな本を読みましたか」

「読書は嫌いではありませんけど、ここのところずっと本を読んでいません」

ぼくがこの答で予定したよりはるかに大きな効果が、眼の前の三人の試験官の上にあらわれた。三人とも満足そうな顔つきになって、ざわざわと試験官同士で私語がはじまった。「そうでしょうな、なにしろ試験勉強がいそがしいから暇がないでしょうな」「いまどきの少年は、なまじ本など読まないものの方がよいですよ」左端の漢文の先生風の老人は、「まったく、なまじ読書する中学生はどうも生意気でいかん」と言った。

そのとき、ぼくは自分の作戦の効果に浮立ってしまって、うっかり途方もない言葉を口走ってしまった。

「もっとも、『臣民の道』なんて本なら読みましたが」

臣民の道、という本は時局便乗の修身書といったもので、それを本気で読んだ学生もいたし、紋切型の返事をするための参考書として読んだ学生もいたわけだ。

ぼくのこの言葉が試験官たちの耳に入ったなら、ぼくは落第していた筈《はず》である。ところが試験官たちは私語している最中だったので、ぼくの言葉は騒音に消されてしまった。中央に坐っている先生だけが、ぼくがなにか喋《しゃべ》った気配を感じたとみえて、「え」と言って顔を上げた。そのときは既にぼくの言葉は消え去っていて、ぼくの顔の上にあいまいなニヤニヤ笑いだけが残っていた。その笑いは、自分の間抜けな失言を恥じている笑いであり、また、失言を誤魔化《ごまか》してしまおうとする笑いである。中央の先生は、ぼくのそのニヤニヤ笑いを咎《とが》めるように睨《にら》んだ。

第二室での口頭試験も、よい成績だった。学科試験の後では、ぼくは自分が落第するにちがいないと確信していたが、今度の試験のあとでは、及第することを確信していた。そして、数日後の通知によって、ぼくは高校に入学したことを知った。

そのQ市の婦人から、ぼくの母宛《あて》に手紙が届いた。父は数年前に死んでいたので、母がぼくの保証人になっている。その手紙は巻紙に毛筆で書かれた丁重なものだが、内容として述べられているものは要約すれば、「ご子息が合格されてまことに芽出《めで》たい。自分の家を宿にした受験生の中から合格者を出したことは、自分としても喜ばしいことである」という祝いの言葉だけだ、とぼくも母も考えた。ずいぶん念入りに親切な婦人だ、と考えた。

ところが、祖母だけがその手紙を前に置いて首を傾《かし》げた。どこがどうといってはっきり指摘できないが、単なる祝いの手紙とは違うにおいが全体から立ちのぼっている、と言うのである。たとえば文中の、「わたしの家にお宿できたのも、なき父君のお引きあわせ」という箇所など変なものだ、という。そういえばその宿は、ぼくの先輩の世話によるもので、死んだ父親とは無関係なことにはちがいない。

「それじゃ、おばあさんは、この手紙は何を言おうとしている、とおもうのですか」

「つまりね、このかたと生徒主事の先生に、うんとお礼をしなくてはいけないのじゃないかしらね」

やっと、ぼくは祖母の考えていることが分った。学科試験の結果、及第と落第とのすれすれのところにぼくはいたのだから、口頭試験のときの主事の先生の採点が重大な結果をもたらす場合も起り得るわけだ。祖母はぼくの顔をうかがいながら、言葉をつづけた。

「そうだろう、おまえ、大明神さまなんて、いいかげんなことだよ。大明神さまに伺いを立てると試験問題も分ることがある、とか言うのだろう。つまりね、大明神さまというのはその主事の先生のことじゃないかしらね」

現今では、裏口入学という成語があるくらいだが、その当時はよほど事情が違っていた。

「まさか、官立の学校でそんなことはないでしょう」

とぼくは答えた。そして脚が萎えて家に閉じこもったきりで世間の事情に疎《うと》いはずの祖母が、この場合おもいがけぬ頭のめぐらせ方をするのに、ぼくは驚いた。

母もぼくも、あらためてその手紙について考えをめぐらせることになった。しかし、ぼくの入学について、大明神さまもしくは主事の先生の力が働いていることを、確認することはできなかった。

新学期からぼくはQ高校の寮で生活することになって、Q市に赴いたが、そのとき信心深い婦人と主事の先生には、それぞれ簡略な手土産を持って行っただけであった。

それから後も、大明神さまの正体はついに判明しなかったが、たまたま街路で信心深い婦人と出会ったとき、彼女はこう言った。

「しっかり勉強して、学年試験で落第しないようにしてくださいよ。なにしろ、あなたはようやく入学できたのですからね、よほど勉強しなくては落第しますよ」

入学試験の成績と、入学してからの成績とは何の関係もない筈だ、とぼくは不服にお

もうのだ。しかし、婦人の方でも、ぼくと街ですれ違う毎に、不服そうな面持《おももち》で、

「しっかり勉強しないと落第しますよ」

という言葉を、繰返すのだ。

梅雨の頃

軀《からだ》ぜんたいの関節が弛《ゆる》んでしまったような、ダルい日が数日つづいた。風邪をひいたのだろう、と一郎は考えていた。学校には休まずに通った。一郎は、中学四年生であった。梅雨の季節で、細かい雨が降り止まず、土曜日には混雑した電車の中で、一郎の黒い蝙蝠傘《こうもりがさ》の骨が一本折れた。

日曜日の朝、ひどく熱っぽいので体温を計ると、水銀柱は四十度の目盛を越していた。夜になると、熱は三十七度に下った。翌朝になると四十度を越した。一郎は学校を休んで、布団の中に潜っていた。その日も夜になると、殆《ほとん》ど平熱にまで下った。

そのような状態が繰返して三日間つづいた。夜、体温計を検《しら》べたときには翌日は平熱になるだろうと考えながら、眠りに入るのだが、夜明けごろ悪い夢に魘《うな》されて目が覚めると、高熱を発しているのだ。そしてその日も寝床から離れられぬことになる。降りつづく雨の幕に閉されて、部屋の中はすっかり熱臭くなった。

曖昧な病状に、一郎は苛立たしい気持になった。しかし、苛立っているのは一郎ばかりではない、熱の方に気を取られていた一郎が、一週間も便秘がつづいていることにやっと気付いたとき、一郎の祖母は意地悪い語調でいった。

「おまえの気持の持ち方が悪いから、熱もはっきり下らないんだよ。ぐずぐず寝てばかりいないで、一度にどっさり汗を出すようにすれば、きっとサッパリするにちがいないよ」

祖母は女中に言い付け、フライパンで焼いた大量の熱い塩を布の袋に容《い》れたものを、一郎の腹に押し付けさせた。

外泊が多くて殆ど家の中で姿を見ることができない一郎の父親は、そのとき珍しく在宅していて、

「まったく虚弱児童には、困ったもんだな」

と、嚙んで吐きだすように言うと、掛布団を一郎の頭の上まで引きずり上げて、一郎をフトン蒸しにすることに手を貸した。布団で蒸して、汗をうんと出させよう、というのが祖母の考えなのである。

祖母が自分で手を下さないのは、脚が立たないためだ。下半身不随になって、寝床の上だけの生活が、十年以上もつづいている。寝床の傍に置いてある黒塗の便器に上るのも、身のまわりの用を足すのにも、もっぱら二本の腕に頼っているために細い軀に似合わず腕だけ太く逞しくなっている。幾人も医者を変えたが、いつも祖母の病因ははっきりしなかった。診断に来た新しい医師と、祖母との会話の中で、一郎の記憶になまなましく残っている部分がある。

そのとき医師は、祖母の病歴を一つ一つ訊ねた。

「伝染病に罹《かか》ったことはありますか」

「ありません」

「結核は」

「ありません」

そんな問答が続いて、最後に医師が訊ねた。

「それでは、シモの病気は」

「ええ、あるんです」

恥らいと憎しみの入り混じった声だった。憎しみは彼女の夫、つまり一郎の祖父へ向けられたものだ。一郎がものごころ付いたときには、すでに祖父と祖母とは別居していた。

医師に答えた祖母のその声は、また妙に女らしい響があった。祖母はしばしば癇癪を起し、そんなときには喉太い声が出たりした。珍しく女らしい声を聞いて、おもわず一郎は祖母の顔をみた。若いころ美人といわれた面影が、その顔に浮かび上がっていて、痛々しく一郎の目に映った。

そういう家庭の空気の中では、いつも誰かしらが苛立っていた。その苛立つ気持は、手近なものにたいして爆発したりする。高熱に苦しんでいる一郎がフトンで蒸されることになったのも、その一例なのだ。

蒸されて噴き出した汗を、乾いたタオルで拭《ぬぐ》い取ったあとも、一郎はすこしもサッパリした気分にならなかった。かえって重苦しさが増してきた。

そこで医者が呼ばれることになった。一郎の軀を検べた医者は、難しい表情になって言った。

「今日は、まだ、何とも診断がつきません」

「風邪でしょうか」

「さあ」

「だいたい、どこらあたりが悪いんでしょうか」

「今日は、まだ何とも言えません」

と、医師は会話を打切った。

二日後再び往診に来た医者は、一郎の腹のあちこちを押えて検査してから、ショッキングな言葉を吐いた。

「これは、腸チフスです」（当時はまだクロロマイセチンなどの新薬は発見されていなかった）。

法定伝染病に指定されている病気なので、自宅で治療することは許されない。避病院か隔離病室のある病院に、直《す》ぐに入院しなくてはいけないのだ。幼年時代に教えられた病気のうちで最も恐い名は、ペスト、コレラ、レプラ、それと殆ど同列にちかい感じで、チフスとエキリがあった。チブスあるいはチビスと言っていたその名が、正確にはチフスということが分った時には、一郎の腸の中ではその病気のバイキンが激しい勢いで繁殖しはじめていたわけだ。

追い詰められると冷静になる気質が、一郎にはあった。にわかに優しくなりおろおろしている祖母から、「家庭医学宝典」と銘打った婦人雑誌の付録本を借りると、一郎はチフスの項目を調べはじめた。

最初に探したのが、死亡率の数字である。それは、十三パーセントと出ていた。

「百人のうち死ぬのは十三人だけだから、大丈夫さ。すぐに退院してくるよ」

と、一郎は祖母に向ってヒラヒラと手を振って入院するために家を出た。しかし、十三パーセントというその数字は、一郎が受験しようと考えていた上級学校の合格率と同じであることに気付くと、一郎は矛盾した気持に捉えられた。

四方をコンクリートで固めた窓のない廊下を、一郎は母親に支えられるようにして歩いた。その廊下は、隔離病室に通じている。病院特有の消毒薬のにおいは、その廊下には漂っていなかった。そのことが、かえって一郎を不安にさせた。

病室のベッドの上で、一郎は先刻調べた医学書の内容を思い出していた。その本によれば、チフスの場合、生きるか死ぬかは発病してから四十二、三日目にならぬと分らないのだ。その時期に、にわかに血便が出たり腸に穴が明いたりして、死ぬことが多いそうだ。

「四十二日待つの辛《つら》いなあ、どうせなるのなら赤痢の方がよかった。あれなら一週間で勝負が付いてしまうからなあ」

と一郎が言うと、母親は、

「辛抱が第一です。三ヵ月経ってからの恢復《かいふく》期がまた辛いのよ。とにかく辛抱が第一です」

と、噛んで含めるように言った。

そうして、ベッドの上の日々が始まった。寝返りを打つことも許されない。軀を動かして、腸に動揺を与えると危険だからである。

四十度の熱は一郎の軀から退《ひ》かず、連日つづいた。不眠の日夜がつづいた。一郎は、自分の頭脳の働きは平常と変らぬと思い込んでいた。しかし、じつは自分の正気を主張しつづける狂人に、余程ちかい状態になっていたのだ。

そのような一郎の頭の中に、凸面鏡《とつめんきょう》や凹面鏡《おうめんきょう》の中の物体のようにいろいろの事柄が映ってきた。そして、一郎自身は、その像をあくまで平面の鏡に映った像と信じつづけるのだ。

一郎をフトン蒸しにすることに手を貸した父親は、その夜以来また家の中から姿を消していた。一郎の父が動きまわるのは、普通の人間の二倍の量であった。父が動きまわるのは、仕事のためばかりではなくて女性に関係したことのためも多いらしい、ということを一郎は知っていた。小型自動車を持っていて猛烈なスピードで走り廻り、しばしば交通違反に問われた。

その父親は、一郎が入院してかなり日数が経ってから見舞に現われた。大きなメロンを一つ、持ってきた。

「メロンなんて、食べられやしませんよ」

と、一郎は疑わしげな顔で、父親の手もとを見詰めた。

「びくびくするな。大丈夫だ」

「だって、おカユの飯粒でも腸に穴が明くというくらいだもの。メロンには、剛い繊維があるからな」

「ふん、そんなものかな。それじゃ、搾って汁だけ飲んだらよかろう。もっとも、メロンを搾ったんでは、あまり旨くないだろうがな」

父親は、一郎の様子をじろじろ眺めまわしてから言った。

「虚弱児童には困ったもんだな。だからそんな病気にとりつかれるんだ。熱が下ったら、早速牛肉を百匁《もんめ》ずつ一度に食べさせてやる」

その言葉は、一郎の耳から入ると、頭の中で意味ありげな、残酷な音色にひびき渡った。一郎は、吐き出すように言うと、横を向いた。

「まだ四十二日経っていないんだから、生きるか死ぬかも決っちゃいませんよ」

父親との会話から言外の意味を探り出そうと試みたのは、一郎の頭がやや異常になっていたためばかりではない。

その年の初め以来、父親と一郎とのあいだには秘密ができていたのだ。

一郎は、父親の若年の頃の子供である。一郎はこの年若い父が嫌いではなかった。痩身だった父は、近年肥りはじめて二十貫にもなった。しかし、四十歳には間のある父の肥りかたには贅肉《ぜいにく》はなかった。婦人関係の噂《うわさ》も一郎の耳に届いてきたが、父親のもっている雰囲気には不潔なところは無かった。また、封建的なタイプの祖父に楯突《たてつ》いて廃嫡《はいちゃく》された父にたいしては、そういう点で反抗する必要を一郎は認めなかった。

しかし、一方では一郎にとって父親は甚だ迷惑な存在であった。一郎に関することで、父親が褒めたことは何一つなかった。学校の成績は、一郎はずっと首席をつづけていたが、そのことについて父親は一言も言わなかった。上級学校のことを考えなくてはならぬ時期がくると、父親はこう言うのだ。

「学校教育なんか、くだらんものだ。おまえがどうしても上の学校へ行きたいというのなら、ともかく一度だけ試験を受けてみたらいいだろう。しかし一度だけだぞ。その試験に落第したら、どこかの小僧になるつもりでいろ」

そう言われると、一郎はうっとうしい気分になり、一向に試験勉強に気乗りがしなくなるのだ。

絵や文章で良い成績をもらっても、父親はその作品を一目みて、言う。

「ふん、なっちゃいない」

まるで鬱憤の捌《は》け口《ぐち》に一郎を使っているようにも思えてくる。一郎は、自分の幹から生えかかる若芽を一つ一つ摘まれてゆく感じになって、そのために発奮しようとする気力を失っていった。

父親が一郎にたいして最も頻繁に使う言葉は、おまえのような虚弱児童は、という言葉だ。しかし、腺病質の外見にかかわらず、一郎は中学入学以来ほとんど学校を休んだことはない。ガムシャラな父親にとっては、競技会でいつも優勝するような子供以外は、みな虚弱児童に見えるのだ。

その言葉を、一郎はいつも聞き流していた。しかし、あまりに屢々《しばしば》それが繰返されるうちに、一郎はついに辛抱し切れなくなった。或日《あるひ》、一郎は叫んだのである。

「そんなことを言ったって、結局、お父さんの方が先に死んじまうんだからな」

「おや、おまえ、そんなこと言っていいのか」

と、いつになく反抗の気配を示した息子の様子を、父親は唇のまわりに笑いを浮かべながらジロジロ眺めた。

「だって、順番からいって、そうなるじゃありませんか」

「バカいえ。父親が子供より先に死ぬとは決ってはいないんだぞ。とくに、おまえのような虚弱児童の子供ではな」

「それじゃ、どっちが後まで生きるか、競争することにしよう」

と、一郎は半ばヤケ気味で言った。

「そうか、それじゃひとつ賭けるか。しかし賭けるといっても片一方が死んでるんじゃ、仕方がない。いやいや、いいことがあるぞ」

と、父親は面白がっている表情になった。

「それじゃ一郎、こうしよう。おまえとおれとそれぞれ生命保険に入ることにしよう。おまえの保険金の受取人はおれ、おれの受取人はおまえ、ということにしておけばだな、賭に勝った方が金が取れるというわけだ。どうだ、うまい考えだろう」

父親は、自分の思い付きがすっかり気に入った様子になった。

「なにも、わざわざそんなことまでしなくてもいいじゃありませんか」

「いや、これは面白い考えだ。早速、保険に入って、証書を交換することにしよう。ただし、おばあさんやお母さんには内証だぞ。女連中は、こういうことを厭《いや》がるからな」

そこで、父親と一郎とのあいだに秘密ができたのだ。

病院のベッドに仰臥《ぎょうが》したまま、一郎は父親の顔と剛い繊維が果肉に含まれているメロンとを見比べた。そして、父親が秘密の提案をしたときの表情を思い浮かべてみようと試みた。その表情は、たしか自分の思い付きに興じているものだったような気がする。一郎にたいする憎しみは含まれていなかったような気がする。いたずら気分とかダンディズムとかの範疇《はんちゅう》に属するものを反映している表情だったような気がする。

しかし、凸凹とイビツになっている一郎の心には、疑惑が翳をおとしはじめる。父親の手に持たれたメロンが、炸裂弾のように見える瞬間がある。病気が治ったら直ぐに一郎の腹の中に詰め込もうと父親が意気込んでいる百匁の牛肉が、カサブタが剝《は》がれたばかりの弱々しい腸壁を、悪意をこめてザラザラと擦りながら通り過ぎてゆく幻覚に襲われる瞬間もあった。


見舞に来た父親は、僅《わず》かな時間病室にいただけで、メロンを遺して帰って行った。それはいつもの癖なのだ。たまに家族を連れて食事にレストランへ出掛けるような時にも、彼は自分のデザートを食べ終った瞬間に立ち上ると、家族をテーブルに残して、次の場所へ飛んで行ってしまうのが常だった。

翌日、見舞に来た母親は、

「一郎がモノを食えるようになったら、早速牛肉をうんと食わしてやるんだ、といってお父さんが張切っていたわよ」

と言った。一郎は、不意にひどい怯《おび》えを覚えた。おカユの飯粒で腸壁を破られて急死した恢復期の患者の話が、なまなましく思い出された。一郎は、チフスの恢復期に患者を襲うという猛烈な食欲のことを考えると、烈しい恐怖に襲われはじめた。

その食欲が、自分を殺すだろうという予感に一郎は怯えるのだ。廊下を隔てて前の病室で、男の患者と看護婦との声高の会話が聞えてくる。

「おれ、今日はずいぶん食ったなあ。えーと、大福を十三個にアンパンを七つ、それから……」

「ほほほ、あんまり食べすぎて、下痢をしないようにね」

会話の中の食物の尨大《ぼうだい》な量が、まず一郎を脅かした。次いで、奇妙な心持に捉われた。チフス、赤痢、疫痢患者ばかりの隔離病室ではあり得ない会話である。一郎は幻聴かと疑いながら、傍の看護婦に訊ねてみた。

「あの患者、いったいどうしたんだろう」

すると、看護婦は笑いながら答えた。

「猩紅熱《しょうこうねつ》の患者ですよ。ずいぶん陽気な人ね」

そのとき一郎は、取り憑《つ》かれた病気が猩紅熱だったその男に、羨望《せんぼう》の気持を抑え難かった。なにしろ、一郎にとって生死の境である四十二日目はまだ来ていない。それを越しても、恐ろしい恢復期が控えているのだ。そして、その恢復期に洪水のように押し寄せてくる赤い牛の肉の幻影。

そのような日々を、熱に憑かれて過していたためにある日母親が、

「お父さんはね、このところずっと忙しくて、見舞にこれないのよ。一度しか見舞に行ってやれなくて一郎に悪い、って言ってたけど」

と告げたとき、むしろ安堵《あんど》した気持になった。押し寄せてくる牛肉の幻覚が、一時遠のいた気持だった。

「おやじなんか、見舞に来ない方がいいよ。その方が安心だ。やってくると、無茶ばかり言うんだからな。退院するまで来なくったっていいくらいだ」

と一郎が言ったとき、母親は、

「そう、退院するまで来なくともいい、と言うのね。そうねえ、そう言って置きましょうか」

と、嘆息するような涙ぐんだような一種奇妙な調子で言った。一郎は一方の方向に心が傾いてしまっているので、そのとき母親の語調に含まれた微妙な陰翳に気づくことができなかった。

じつは、一週間前、一郎の父親は狭心症の発作で急死していたのだ。

一郎の担当医師は、一郎の病状から考えて、父親の死を知らせることを禁止していたのであった。

第一の関門である四十二日目は、何事もなく過ぎて、恢復期が近づいてきた。その恢復期への怖《おそ》れは、一郎の心の底深く入りこんでしまって、高熱は去ったが凸凹に歪《ゆが》んだ心はそのままだった。

その頃のある日、隣の病室に疫痢で入っていた小児が死んだ。

その日、一郎は仰臥したまま首を廻して、窓の外を眺めていた。窓の外側には、ヘチマの棚が組まれて強い夏の陽を遮っている。一郎が入院したときには、その棚にはまだヘチマの蔓《つる》は巻き付いていなかった。それが今では、葉を繁らせて、大きなヘチマがあちらこちらにぶらりと下っている。窓の外は病院の中庭の石炭置場で、まっ黒な石炭の堆《うずたか》い山の上に、筋骨逞しい半裸の男が立って、シャベルを機械仕掛のように正確に動かして石炭をすくい上げている。

その日、疫痢の小児が息を引取った。

夜になると、一郎の鼻腔に流れ込んできたにおいがある。それは、線香の煙のにおいなのだ。それにつづいて、鈍い沈んだ音が絶え間なく単調につづきはじめた。木魚《もくぎょ》の音だ。あまり冗談が過ぎるじゃないかと、一郎は反射的に感じた。

「いったい、どうしたんだろう」

と、傍の看護婦に、一郎は咎《とが》める口調で言った。彼女は、言い難そうに口ごもりながら、答えた。

「伝染病で死んだ人はね、病院から直接焼場へ持って行かなくてはいけないんです。一旦、家へ持って帰ることは、許されないのよ。だから、お家の人が病室へ集って、そこでお通夜をやるわけなの」

そう説明されれば、話の筋道は通っているわけだ。

「無神経なやり方だな」

と、一郎は呟くと、首を廻して窓の外に眼を向けた。電燈を消して暗くなっている病室の中へ、明るい月の光がヘチマの葉群を透して流れ込んでいる。ぶらりと垂れ下った大きなヘチマが、影絵になって光の中に浮かんでいる。

一郎は、腕を持ち上げて、掌で月の光を遮ってみた。五本の指を揃《そろ》えてぴったりくっつけているつもりなのだが、指の肉が痩せ落ちてしまっているので隙間だらけになる。バラバラに透いた指の間を、月の光が蒼白《あおじろ》く摺《す》り抜けて行った。骨と皮ばかりに、一郎は痩せ衰えていた。その日の朝、一郎は入院してはじめて自分の顔をみた。流動食を摂るときベッドの上で上半身を起してよいことになったので、かかえ起された一郎は椀《わん》の中のスープに映っている顔を見たのだ。

一瞬、他人の顔と見紛うほどであった。眼ばかり大きくなっているのは当然としても、一郎の驚いたのは、鼻や頭まで痩せたことであった。鼻梁《びりょう》は肉が削《そ》げ落ちて、平素は見えない段があらわれていた。

木魚の音と、読経の声は、いつまでも続いてゆく。その鳴り止まぬ音は、一郎の心にある恢復期の食欲への恐れを、一層掻き立てていった。

季節は移ってゆき、棚のヘチマの葉はすべて茎から離れて落ち、捥《もぎ》り残した大きな実が一つぶらぶらと初秋の風の中で揺れている頃になっても、一郎には食欲は襲ってこなかった。

恢復期の患者を必ず襲う筈の、猛烈な食欲はどこへ行ってしまったのだろう。看護婦の眼を盗み、どんな手段を用いても食物を手に入れたい気持になり、そのために屢々落命の因となるといわれている、あの凄《すさ》まじい食欲というものはどこへ行ったのだろうか。一郎の痩せ衰えた軀には恢復の兆はなく、ベッドの上に起き上ることさえ独力ではできなかった。その一郎の状態を見て、医師は言うのである。

「もう恢復期の一番危険な時期は過ぎているんだからね。柔らかいものなら、どんどん食べて体力をつけなくちゃ。おカユなんか、呑み込んじまっていいんだ」

その言葉は、一郎には受持ち患者の恢復の遅いのに苛立った医師の過激な放言かと疑われてくる。

柔らかい食物である筈の隠元豆《いんげんまめ》を嚙んでいると、中から半透明の小さな三日月形のものが出てきたりする。その薄皮は、意外に両端が鋭く堅い。それが自分の腸壁に触れて通り過ぎる光景を想像すると、一郎はどうしても固形物を口の中へ入れる気持になれないのだ。

退院した日、一郎ははじめて父親の急死を告げられた。

全く予測していなかった事実なので、しばらく一郎は啞然とした。それからにわかに悲しくなって、すこし泣いた。しかし、心の底の方では、解放された気分がゆるゆると拡がってゆくのを制することはできなかった。

父親の死を知った時から、一郎を悩ましていた食物にたいする恐怖はすっかり拭い去られてしまった。食欲が甦《よみがえ》って、一郎はぐんぐん肥りはじめた。

生命保険のことを知った祖母は、相変らず薄暗い部屋の布団の上で、萎えた脚に苛立ちながら古風な言葉で一郎を咎めた。

「おまえたちが、そんな罰当《ばちあた》りなことをするから、わたしの脚が立たないんだよ。お父さんは死ぬし、おまえは大病するし、わたしもとんだ息子や孫を持ったものだよ」

多額の金が一郎の手に入ったが、父親の残した沢山の借金は、その金でも完全には返済し切れなかった。

斜面の少年

その学園の校庭から裏へまわると、広い運動場が眼の前にひろがっている。運動場の方が低い土地に在るので、したがって校庭との継ぎ目は斜面になっている。

休憩時間になると、この斜面に腰をおろし膝をかかえるようにした姿勢で、ムダ話を取交している生徒の群がいる。その顔ぶれはおのずから定まっていて、ほとんど全部が高等部の少年である。その学園には、中等部と高等部があり、男女共学であるが、女生徒の姿は斜面には見られない。

運動場を走りまわっている生徒たちはあまり気にもとめないが、斜面に坐っていると、運動場と地つづきの墓地が正面から眼にとび込んでくる。大小さまざまの卒塔婆《そとば》が、墓石のあいだに林立している。

その斜面の常連の少年たちの顔には、みなどこか翳《かげ》が射している。斜面には、いつも明るい日光が降りそそいでいるが、なにかそこには「吹き溜り」という感じがつきまとっている。

ある日の昼休み、高校一年の青木が、斜面の仲間のところへ戻ってきた。学内新聞の委員である彼は、昼前の授業時間に抜け出して某先輩のところへ原稿の依頼に行っていたのである。

青木は、苦笑しながら言った。

「どうも、近ごろのオトナには困るな。いろいろ質問した挙句に、先輩がこう言うんだ。それじゃ、俺たちの中学時代とちっとも変っちゃいないじゃないか、だってさ。その質問というのが、みんな男と女とのことなんだからな。そのことは、アダムとイヴのころから変っていないといえば、そうも言えるようなものだからね」

「たとえば、どんなことを質問されたんだい」

「なにかの新聞の投書欄にね、高校生の投書が載っていて、自分たちのクラスの九〇パーセントまで童貞ではない。級長をしている男は、定期的に遊廓がよいをしている、ということが書いてあったのだそうだ。それで、いま君たちのクラスもそんな状態か、と先輩が聞くわけなんだ」

「そんな高校は、ほんとにあるのかしら」

「なんでも、N高校はそんな具合だそうだが、例外だね。教師なんか、おっかなくて、学校へ行くのに毎朝水サカズキをして家を出るんだそうだ」

一しきり、少年たちはその種の知識を発表し合った。

ガヤガヤ話し合う声が鎮まると、青木が言った。

「僕はそういう話を知らなかったので、そんなヒドイ話は初耳です、と答えたんだ、先輩は、つまり、その話をヒドイという風に感じるわけなんだな、と僕の顔をじろじろ見てね、それじゃ、好きな女の子に手紙を出すときなんぞ、ずいぶん尻込みしてからやっと思い切ってポストの口へ封筒を入れてさ、中でポトンと音がすると、心臓がキュッとする、なんて具合なのかね、今でも君たちは、と言うんだ」

「なるほど、青木はそのクチだな」

中田という少年が、青木の顔をジッと見詰めて、妙に意地悪い調子でそう言った。青木は何か言いかけて、ムッとしたまま口を噤《つぐ》んだ。

中田はそれにかまわず、運動場の遠くの隅にある器械体操の鉄棒にぶら下って小さく見えている少年を指し示して、

「それから、赤川は遊廓がよいのクチだよ。つまり、いろんなヤツがいるわけさ」

「それじゃ、おまえは何だ」

「オレか、オレはオレさ」

今度は、青木が妙にからむところのある口調で、口を挿《はさ》んだ。

「手紙を出さずに、直接女の子の手を握るクチかい」

器械体操場の鉄棒では、赤川少年が大車輪をはじめた。灰白色の墓地を背景にして、少年の軀が鉄棒を軸にしてクルリクルリと回りつづけた。

「赤川のやつ、ハデなことをやっているな。このごろ、あまり鉄棒はやっていなかったのに」

「だけど、赤川も変ってきたな。以前は、この斜面にはてんで寄りつかなかったのに、ときどき喋りにやってくるじゃないか」

「僕は、赤川の眼を見ていると薄気味わるくなるんだ。赤川の瞳の色を知っているかい。茶色っぽい、ときによると薄緑色にみえるヘンな眼だよ」

と、青木が言う言葉を引取るように、中田が言った。

「へえ、君は気味がわるいのかい。オレは、あの眼には前から興味をもっていたんだ。あれは面白い眼だぜ。もしかすると、あいつは余程辛《つら》い目に遇ったことがあるのかもしれないな、それで、あんな手のつけられない乱暴者になったのかもしれないと思っているんだ」

そんな会話が取交されている間に、赤川は鉄棒を離れて、斜面に歩み寄ってきた。しだいに赤川の姿が大きくなって、大人びた骨格の少年が顔に薄笑いを浮べながら斜面の少年たちの間に入ってきた。

「おい、おまえたち、ムツカシイ顔をして上級学校の試験の話をするのは、まだ早すぎるぜ。オレは試験勉強なんか、全然やらないぜ。どんな学校でもかまわないからな。札束を積んでスルスルと這入《はい》ってしまうんだ。なるべく、いいジャズ部のある学校がいいとおもってるんだ」

「そんな話をしていたわけじゃないさ」

「それじゃ、どうせ女の話だろう。そういえば、オレが例のところへ昨日行ってみたらさ、セーラー服を着た女がいやがるんだ。オレその女と遊んできたよ」

園田景子は、塗料工場の娘で、青木や中田たちのクラスメートである。

ある日、放課後、青木と中田とが自転車置場にいるとき、景子が通りかかった。青木も中田も自転車で通学していて、景子が通りかかったときには、二人とも教科書などの入ったカバンを自転車の尻に紐でくくりつけているところだった。

景子は二人の自転車を眺めて、快活に声をかけた。

「あら、中田さんの自転車、ずいぶん色がハゲチョロケになってしまったわね。青木さんのは、まだそれほどでもないけれど、二人とも黒塗の自転車なんてヤボだわよ。どう、もっとシックな色に塗り替えたら。あたし、明日、ラッカーかエナメルを持ってきてあげるわ」

景子は美人の女生徒にふさわしい高圧的な言い方をした。景子はクラスのヒロインである。ヒロインの女生徒は、とかく男子生徒の中の目立った存在と結びつけて生徒たちの間で噂されるのが常である。

青木も中田も園田景子にホレている、というのがクラスの噂である。そして、園田景子も青木か中田が好きらしい、というのがクラスの噂である。

青木か、中田か、そのどちらかということは、噂はハッキリ指定していなかった。

その翌日、景子は約束どおり明るいチョコレート色のエナメルを一罐ずつ、青木と中田にくれた。

それから数日経って、青木の自転車はチョコレート色に塗り替えられていた。もともとさして色褪せていなかった青木の自転車は、刷毛《はけ》を使って、素人の腕で塗り替えられためめに、むしろ見栄えがしなくなったほどであった。

一方、中田のハゲチョロケの自転車は、いつまで経っても塗り替えられなかった。中田は青木の自転車を横目で眺めながら、こう言った。

「おまえもバカなやつだな。塗り替えて、かえって悪くなったじゃないか」

青木は、抗弁した。

「そんなことは、初めから分っていたさ。塗り直す前からね。だけど、景子さんの折角《せっかく》の厚意を無駄にしちゃ、わるいとおもってさ」

「ずいぶん、ジェントルマンなんだな、おまえは。そんな考え方をしていると、いまに手痛い目に遇うぞ」

「手痛い目って、誰に」

「誰に、というわけじゃない。つまり、人生からさ。おまえは折角の厚意なんて言ってるけど、あれが厚意なものか。あれは押しつけがましいやり口というものだ」

「しかし、君のその自転車の場合は、きっと塗り直した方がよくなるとおもうな。ずいぶん剝げてるからな」

「それこそ、余計なお世話というもんだ」

と、中田は横を向いた。

園田景子は、青木の自転車を細くて白い指先でゆっくり撫でながら、

「ずいぶんキレイになったじゃないの、この色の方がよっぽど良いわ」

そして、中田に対しては、

「中田さんて、よっぽどアマノジャクなのね」

と言って、妙にまじめな顔になって、中田と塗料が剝げて色あせた自転車とを、見くらべた。


園田景子を挟んで青木少年と中田少年との対立めいたものは、いろいろの形で現れた。それは、露骨な形ではなく、いつも微妙な姿かたちで現れてきたのである。

中等部から高等部に進むと、この学園では料理と図工の時間は自由選択の科目になる。料理の時間に出席している男生徒は、高等部になると二人だけになった。青木と中田の二人である。

その時間がくると、二人は白いエプロンを掛けて、女生徒の間に立混ることになる。

「あら、二人ともますらお派出夫《はしゅっふ》会みたいだわ」

と女生徒がからかうと、青木はちょっと頰を染めて口ごもるのだが、中田は平然とした顔付きで、

「あんれ、お嬢さま、お手がよごれます。その大根は、わたくしめがおキザミいたしましょう」

などと言ってのける。

たくさんの女生徒のあいだで、ガスに載せられた鍋をかきまわしたり、わざわざ舌を長く出して嘗《な》めながら料理の味利きをしている中田の様子は、裏返しにされた気取りを楽しんでいる、いかにも早熟な都会の少年の風貌《ふうぼう》だった。

しかし、青木の方は、女生徒のあいだで、ともするとギゴチなくなりがちだった。なにか無理しているところが、仄見《ほのみ》えた。中田だけに料理の時間を委《まか》してしまうことに耐えられずに、青木もその時間に出席しているようにも見える。

一方、図工の時間に出席する女生徒の数は、きわめて少なかった。

園田景子は、その数少ない出席者の一人である。彼女は、料理の時間に出席してくる二人の男子生徒へのおかえしのように、大工道具が一揃《ひとそろ》い這入っている細長いズックのケースをぶら下げて現れるのである。

ある日の図工の時間に、青木の作りかけの本立てが紛失した。

作りかけの品物は、名札を貼って、木工教室の別室に並べて置くのである。その時間の初めに、青木がその別室に本立てを取りに行くと、先週の時間の終りに置いた場所に見当らない。青木は、別室に置かれた工作品を一つ一つ調べてみたが、ついに彼の品物は見出すことができなかった。

紛失した旨を図工の教師に報告して、青木はその時間を手持ち無沙汰に過した。中田はその日は、学校を休んでいた。

それから三日ほど経った午後、青木は気懸りになるままに、もう一度工作教室の別室を覗いてみた。

すると、その一隅に青木の本立てがちゃんと在るではないか。「なんだ、こんなところにあったのか。いや、この前調べたときには、ここには無かった筈なんだが」と考えながら不思議な気分で彼はその本立てを手に取った。

ところが、青木はその本立てに意外なものを見出したのだ。その本立てに貼られた製作者の名札には、青木の名前ではなく中田の名前が書かれているのである。

青木はちょっと戸惑って、つづいて当惑した気持になった。「中田のやつ、バカなことをして」と考えながら、ふと青木は一つの疑問に行き当った。

青木は、その本立てに青木自身の名札を貼り忘れていたような気もしたのだ。「中田は、僕の本立てと知って盗んだのだろうか。それとも知らないでか」……それが青木の疑問である。

「しかし、どっちにしたって、すぐに分ってしまうことを。いったいどんなつもりなんだろう」

困ったやつだと青木は呟いて、木工の教師の部屋へ入っていった。

「先生、この前、紛失したといった僕の本立てが見付かりました」

「ほう、そうか」

「ところが、困ったことにその本立てに他の生徒の名札が貼ってあるのです」

「それは誰か」

「つまり、それが中田のです」

と、青木はここで照れたような表情になった。中田が自分に大きな負い目を持ってしまった、と青木はそう考えて寛容な気持になっていた。

「それは、本当か。たしかに君の作品に中田の名札が貼ってあるのだね」

「それが、そうなんです。僕の作品なんです」

と、青木は「あまり中田を責めないで下さい」と言いたいような寛大な気持になって、口ごもりながら答えた。

こういう気持の動揺が、青木の表情を曖昧なものにしていた。その表情を、頭髪がスダレ状になった中年の木工の教師は調べる眼付きで見守っていた。

それからさらに三日目、午前の国語の授業時間中に青木たちの教室に小使が這入ってきて、何事か教師に耳打ちした。

「青木と中田、林先生が用事があるそうだから今からすぐ、木工教室に行きなさい」

と、国語の教師は告げた。

二人は黙ったまま、ひっそりした廊下を並んで歩いた。一つの教室の傍を通りすぎるごとにそれぞれ違った学科の内容を示す声が、静かな廊下に洩れてきて二人の少年の耳に這入った。

「タンタライジングリー、……つまり、いらいらして……」

と、英語の若い教師の唱《うた》うような声。

「サインAプラスコサインB……」

と、数学の老人教師の嗄《しわが》れた声。

青木は、いろいろの声がアーケイドのようになっている長い廊下を通り抜けながら、これから中田にたいして取るべき態度について、余裕のある気持で考えていた。

寛大な鷹揚《おうよう》な態度を取るべきか。あるいはこの際、徹底的に中田を取拉《とりひし》いでしまうべきか。

園田景子の姿が、チラリと青木の脳裏を掠《かす》めて過ぎた。

ところが、木工の教師の前に並んで言葉を取交しているうちに、青木は事態が楽観できぬものになっていることに気がついた。容易ならぬ立場に、自分も立たされていることに気づいてきた。

木工の教師は、問題の本立てを二人の少年の前のテーブルの上に置いて、こう言うのである。

「この作品は、見て分るように中田の名札が貼ってある。ところが、青木がこれは自分の作ったものなのだが、名札だけは中田の名になっている、と申し出たわけだ。そこで先生は、昨日の放課後、中田に来てもらって質問してみたのだが、中田の言い分は、これは間違いなく自分の作ったものだ、というのだ。青木がそんなヘンなことを申し出たのは合点のいかぬことだ、というのだ。先生は、君たちの作っているところを見ていたわけではないから、この本立てが君たちのどちらのものか判断を下す材料がないわけだ。そこで二人に一緒に来てもらって、お互の意見を聞いてみようとおもってね、そのためにわざわざ授業時間中を選んだのだ。こういう問題は、デリケートなことだから、なるべく他の人間にわずらわされない時間がよいと思ってね」

教師の言葉を聞いているうちに、青木はしだいに分ってきた。教師は、青木の言い分を信じていないのだ。といって、中田の方を信じているわけでもない。しかし、青木の方が中田の作品を横取りしようと難癖をつけているという疑いが、教師の心の中に無いわけでもない。そして、青木も中田も成績の良い生徒であることが、一層教師の判断を混乱させているらしい。

眼の前にある作品は、まぎれもなく自分のものなのだ。それなのに、自分も嫌疑を受けている一人になっている、ということは、青木少年にとって苛立たしい状況だった。しかし、その中に、新鮮なおどろきも含まれていた。なにしろ、青木はまだ十分に余裕をもっていた。

「いますぐに分ることだ、この本立てが、どっちのものかということは」と、青木は心の中で呟いた。

ところが、青木の余裕はみるみる失われはじめたのである。

教師がその本立てを手もとに引寄せて膝の上に載せると、二人の視線は机に遮られてその本立てには届かないようになった。そこで、教師が言う。

「それでは、この本立ては君たちがそれぞれ自分で製《つく》ったものだと主張しているわけだが、自分が作ったものならその特徴をよく知っている筈だ。そこで、二人で交替に特徴を一つずつ言ってごらん」

　まず、青木が勢込んで言った。

「側面の板に、釘を打損《うちそこな》った穴が一つある筈です」

　教師は、膝の上の本立てをのぞき込むようにして調べた。スダレ形に撫でつけた頭の地肌が、二人の少年の前に突出された恰好になった。

「なるほど、釘の穴が一つあるな」

　今度は、中田が落着いた声で言った。

「その反対の側面に、カンナを間違って掛けた逆目《さかめ》の痕があります」

「なるほど、逆目の痕があるな」

　青木が言った。

「板の模様が糸ノコギリでくり抜いてありますが、一番上の丸い形が少し歪《ゆが》んでイビツになっています」

「なるほど、そうなっておる」

　中田が言った。

「そこの模様の下図の鉛筆の線が、消えのこって薄くついています」

「なるほど、そうなっておる」

このような問答が、幾回も繰返された。二人とも、正確にその作品の特徴を言い当てゆくのだ。中田の答のなかには、青木自身が気付いていなかった些細な特徴まで含まれていた。青木は、やや啞然とした面持《おももち》になった。その表情をうかがっている教師の眼に行き当ると、「先生は僕の方が、一層うたがわしいと考えはじめたようだ」と、青木は思いはじめた。

青木は、当惑した。眼の前のまぎれもない自分の作品が、なぜ、さっさと自分に帰属しないのか、もどかしさに、青木は苛立った。そして、中田にたいする、烈しい憤りが胸の中に突上げてきた。

一方、中田は、平然とした表情を少しも崩さなかった。

本立ての特徴についての問答は、長い時間つづいた。とうとう、二人とも種切れになってしまった。中田の方が、二つ三つ余計に特徴を述べることができた。教師は、疲れた面持で、

「これでは、どっちがどっちか判断の下しようがない。君たち、名札以外に、どこかに自分の名前を書いておかなかったのか」

「ありません」

「はい、ありません」

教師はしばらく考えていたが、

「こうなったら、この本立てを分解して、その上で外から見えなかった部分の特徴について言ってもらおう。いいね、これをバラバラにして構わないね」

「はい、構いません」

と、二人の少年は同時に答えた。

教師は木槌《きづち》を使って、本立てを分解しはじめた。一つ一つの部分がとり外されてゆく度に、青木は心に痛みを覚えて眉のあたりが歪んだ。

解体された木片を、教師は一つずつ取上げて調べていたが、急に高い声を出した。

「オヤ」

それから、気の抜けたような声になって、

「ここに、名前が書いてある」

と、今までは釘付けにされて隠れていた木口《こぐち》を差し示した。そこには、鉛筆で薄く「青木」と記した字が見られた。

「青木は、ここに名前を書いたことを、どうして言わなかったんだ」

「忘れていました」

と、青木も気の抜けた声を出した。いままで微細な特徴をあれこれと述べ合っても判断がつかなかった本立ての製作者が、一瞬の間に定まってしまったので、青木自身あっけない気分になっていたのだ。

しかし、間もなく烈しい怒りが、青木を捉えた。

「おい、きさま、これでもまだ自分のものだと言うつもりか」

青木は、中田の肩口を一突きした。中田は二、三歩よろめいたが、すぐに踏みとどまると、平然とした表情を崩さずに言った。

「瓜二《うりふた》つということも、世の中にはあるからね」

「なにっ」

という青木の声も毒気を抜かれて烈しさが失われていた。中田を叱る立場の教師は、反対に、手を振りながら、

「まあ、まあ」

と二人の少年の間に割って入った。

その日の昼休み、青木は斜面に腰をおろしていた。中田はいつもと変らぬ様子で斜面にやってきて、青木とやや離れた場所に腰をおろした。

さすがに、二人は口をきき合わなかったが、青木少年には動揺がおもてに現れていて、二人を見くらべると罪を犯したのは青木の方だったように思えるくらいだった。

斜面の少年たちの間には、妙な沈黙が拡がっていた。赤川少年は、しばらく二人を見くらべていたが、やがて立上ると、

「へっ、中田というやつは……」

と呟いて、斜面を走り下った。運動場を烈しいスピードで横断すると、やがて鉄棒を軸にして大きく回転している赤川の軀が望見された。

さらに奇怪なことには、園田景子が中田の恋人になったという噂が、それから間もなく流れはじめた。

悪い夏

ある漁村の近くの海岸に部屋を借りて、一郎は大学生の叔父二人と一夏を過した。

二人の叔父は兄と弟で、性格はかなり違っていたが、二人とも背が高く引締った軀をしていて颯爽《さっそう》とした風貌にみえた。

弟の方は派手好みで、ビーチパラソルに絵具でさまざまの奇抜な絵を描いたりした。逆さになった女の片足が冠のような形の靴を載せている絵や、いっぱい棘《とげ》の生えた魚がビックリしているような顔をした絵なぞを、矢鱈《やたら》に描き散らした。

「おいおい、あんまり変な絵を描くなよ。恥ずかしいじゃないか」

と、兄の方がたしなめたが、弟は平気な顔をしていた。しかし、兄よりも、小学四年生の一郎の方がもっと恥ずかしがっていた。一郎はそのビーチパラソルの陰に坐っているのが苦痛で、あまりその下には寄り付かなかった。

一郎は上の叔父を「大きい叔父さん」、下の叔父を「小さい叔父さん」と呼んでいたが、その派手好みの小さい叔父は、夕暮になると飛込台まで泳いで行ってダイヴィングをやるのを日課にしていた。

太陽が水平線に近づくと、海のひろがりが一面に色濃くなり、砕ける波頭が朱色に燦《きら》めきはじめる。そういう時刻に飛込台から跳躍すると、空間にさまざまの形を描く軀は鮮かなシルエットになった。その効果を、小さい叔父はちゃんと計算しているのである。「小さい叔父」の軀は、開きかけたジャックナイフのように二つに折れ曲り、次の瞬間にピンと伸び切って手から水の中へ切れ込んで行ったり、あるいは幾回も回転したりした。

「あいつ、また、やってやがる」

と、大きい叔父は浜に佇んで、苦笑して眺めていた。

そのような叔父たちの周囲には、若い女たちが幾人も集ってきた。夜になると、宿の部屋には、かならず幾人かの若い女が遊びにきた。そして、その女たちは、叔父たちの傍にいつもくっついている一郎の遊び相手に、すすんでなってくれようとした。

若い娘たちと遊んでいるうち、一郎は面白い悪戯《いたずら》を発見した。それを、偶然のキッカヶから一郎は見付け出した。

ある夜、娘たちの一人が、

「一郎さん、おんぶしてあげようか」

と言った。女の背におんぶされている姿勢が似合うような似合わぬような曖昧な年頃にいる一郎を、その娘は半ばカラカウような気分だったのかもしれない。

「うん」

一郎も、ややくすぐったい気分で、娘の背に軀を預けた。

豊かな髪の中へ、一郎の顔が埋まるようになって、記憶の奥深くをくすぐるような甘酸っぱい匂いがした。柔らかい弾力が一郎の軀を支え、肩越しにぶらりと垂らした一郎の手が娘の胸のふくらみを掠《かす》めた。

一郎の掌は、知らず知らずのうちに娘の乳房を握りしめていた。快い手応えが、掌から腕をつたわって昇った。

「キャア」

女の悲鳴が、その瞬間に炸裂して、一郎は背中から振落《ふりおと》されていた。それは、一郎にとっては全く予想外の状態だった。

「ああ、びっくりした」

と、一郎は叫んだ。

「びっくりしたのは、わたしの方よ。ああおどろいた」

そう言いながら、娘は軀が二つに折れ曲るほど深く屈みこんで、くっくっ、としばらくの間笑いつづけた。

娘の声音や姿勢は、機嫌のよさを示しているように一郎には考えられた。次の機会に、他の娘にも試してみよう、と一郎は思った。

「おねえちゃん、おんぶして」

と、一郎が言う。何気なく娘は、背を向ける。

そして、同じ悲鳴と、つづいて同じわらい声。

胸のところへ触れると、奇妙な声と笑い声を出す面白い仕掛になっている人形。そんな人形を操作している気分に、一郎は捉えられた。一郎は、つぎつぎと、叔父たちのところへ遊びにくる娘たちに試みた。

一郎は、娘の背中に北叟笑《ほくそえ》んでいる顔をかくし、ゆっくり肩越しに腕を伸ばしてゆく。そのときの、秘密な胸のときめき。それは、複雑な反応を示す機械仕掛の玩具に向い合ったときの胸さわぎと同じものだ、と一郎は考えていた。

ところが、五人目の娘が、違う反応を示した。

その娘は、咄嗟に一郎の手の甲を鋭く抓《つね》り上げ、それから一郎の軀を地面に下ろした。

そして、

「厭な子」

というと、恐い眼で睨《にら》んだ。一郎は不意を打たれた。このような不機嫌な、怒った顔に向い合うことになろうとは予想していなかった。その娘は細おもての美人で、優しい物腰のおとなしそうな女だと、一郎はおもっていた。

一郎は混乱した。自分の悪戯のなかに、秘密のにおいを嗅《か》いだ。秘密の胸のときめきが、いままで考えていたのとは違うなにか別の意味を持っているように、思われはじめた。

一郎の中にあるいろいろなものが、この小事件をキッカケにして波立ちはじめた。いままで何気なく行っていた事柄の中に、ふと躓《つまず》くものを感じたりした。一郎にとって、悪い夏がはじまった。

恐い眼で睨んだ娘の名は、自然に一郎の記憶に止った。隆子さんといって、二十歳くらいだった。黒い水着を着て、泳ぎが上手だった。

ある午後、奇抜な絵が描かれてあるビーチパラソルから少し離れたところで、一郎は独りで砂の団子を作って遊んでいた。

濡れた砂をまるく固めて、外側に乾いた砂をまぶしてゆき堅い砂の球を二つ作り上げる。砂浜に擂鉢形《すりばちがた》の窪みを掘って、二つの砂の球を向い合せにして窪みの中へ同時に転がして落す。擂鉢の底で衝突した砂の球のどちらかが、毀《こわ》れて崩れる。毀れないのは右側の球か左の球か、一郎はひそかに心に定めて賭けてみる。

一郎は、その独りだけの遊戯を幾回も繰返していた。

「あら、一郎くん、ひとりで遊んでいるの」

華やかな声が、一郎の頭の上へ降ってきた。振仰いでみると、真紅に塗られた唇が眼に映った。京子さんという若い娘である。その傍に、隆子さんの顔が並んでいた。一郎はちょっと具合の悪い、眩《まぶ》しい顔つきをした。

「一郎さん、どちらが勝つか試合してみましょうか」

隆子さんは優しくそう言って、京子さんを誘うとすぐに砂の球を作りはじめた。京子さんは、いつも唇をすこし開いていて、喋ると舌の長いような粘りつく甘ったるい口調になった。

京子さんの作った砂の球は、一郎の球と衝突すると、たちまちバラバラに崩れた。そして、隆子さんの作った球には、一郎の球はどうしても勝つことができなかった。

砂浜の上に踞《かが》み込んでいる三人の上で、今度は男の声がした。濁った太い声だ。

「一郎君、和船に乗せてあげようか。これから生徒の水泳の試験をするんだが、私は和船の上に乗って採点しなくてはならないんだ」

後の半分は、娘たちに聞かせる口調である。その声の主は、臨海学園の先生であった。一郎は顔だけは見覚えていたが、言葉を交すのは初めてだ。

一郎は気の進まぬ様子で、娘たちの顔を窺《うかが》った。

「お嬢さんたちも、どうぞご一緒に。どうですか、さあ行きましょう」

頭髪を坊主刈りにした、体格のよい三十年輩の男である。

「あたし、ちょっと用事がありますから」

と、隆子さんはきびきびした口調で断った。

「それじゃ、そちらのお嬢さん。一郎君と一緒に行ってあげてください。さあさあ、一郎君はやく行こう」

「そうねえ、和船に乗ってみるのも面白いかもしれないわねえ」

と、曖昧な笑顔を作っている京子さんと一郎は、学園の先生に追い立てられるようにして和船に乗り込んだ。

波打際から少し離れた海面に舟をもやって、船縁《ふなべり》のすぐそばの水を泳いで行く生徒の採点をするわけだ。小学六年のクラスが試験を受けていて、一人ずつ一定の間隔を置いて一郎の眼の下を泳ぎ過ぎていった。先生は、「よしッ」とか、「もっと腕をうしろまで掻くんだッ」とか、威勢のよい声で怒鳴った。

一郎は気詰りだった。他の学校の先生にせよ、先生と名の付く男と狭い船の中に一緒にいることも気詰りだったし、年上の男の子の試験に立会っている形になっているのも気詰りだった。

京子さんは、退屈しはじめた。掌を顔の前に翳《かざ》し、ギラギラ輝く夏の太陽を眼を細めて仰ぎ見ると、

「あら、困ったわ。あたし、陽焼けしちゃうなあ」

と、かなり大きな声で独り言を言った。そのとき、若々しい声が遠くの方からひびいてきた。

「おうい、京ちゃん、そんなところで何をしてるんだ」

一郎があたりを見廻すと、百メートルほど離れた飛込台の上に「小さい叔父」が立って、大きく手を振っていた。

「あら」

京子さんは小さく叫ぶと、次の瞬間、水の中へ身を躍らせた。そして、鮮かなクロー

ルで飛込台の方へ泳ぎ出した。

「なんだ、ぼく一人になっちゃ詰んないなあ」

と、一郎が呟くと、先生は大きな声で笑いながら、

「ハッハッハ、一郎君も泳いで行けばいいじゃないか」

「ちょっと、あそこまで遠すぎるなあ」

「ハッハッハ。一郎君も、いつも女の子とばかり遊んでいないで、水泳の練習でもするんだなあ」

と、先生は身をかがめると、船縁のそばの海面から、茶色い海草のかたまりを摑み上げた。その海草には紡錘形《ぼうすいけい》をした小さな焦茶色の実がいっぱいくっついていた。臨海学園の先生は、ぽたぽた水のしたたっているその海草を一郎の顔面に不意に押しつけると、

「ハッハッハ。もっと、一郎君は水泳の練習をしなくちゃいけないな」

と言いながら、ぐいぐい海草の束をこすりつけてきた。執拗に、そして力を籠《こ》めて押しつけてくるのだ。潮の匂いと藻草のにおいとが混り合って、一郎の鼻腔を衝き上げてきた。

そのとき、不意に一郎は、そのにおいの中に、あるいはその押しつけてくる力の中にであったかもしれないが、もう一つのにおいを嗅いだ。あの、暗い秘密のにおいを嗅い

だ。

「ワッ」と一郎は喚《わめ》いた。先生は手を離し、不機嫌な顔を露骨にあらわして横を向いた。

それ以後、一郎は臨海学園の方角へ近寄らないことにしたが、夏の終りまでに一度だけその先生の姿を見かけたことがある。

ある夕方。一郎が赤い土があらわになっている切通しの崖の下を通り抜けると、その傍にある小さな食堂の中にあの先生が一人で坐っていた。先生は木のテーブルの上にかがみ込むようにして、チキンライスの赤色の飯を口に運んでいた。


またある夕方。

一里ほど離れた隣の漁村に、旅廻りのレヴュー一座が小屋掛けしたので、一郎は二人の叔父と四人の若い女たちと一緒に見物に行くことになった。

「汽車の線路を歩いてゆこう。その方がずっと近いからな」

と、小さい叔父が言った。

「なんだかコワイわ」

「鉄道の人に叱られやしないかしら」

娘たちが反対したが、京子さんは明るい声で言った。

「行きましょうよ、スリルがあっていいじゃないの」

一郎は、レールの枕木を足でひろって跳ねるように歩いたり、レールの上を綱渡りをするように両手を左右に大きく開いて歩いたりした。娘たちは、線路のすぐ横の細い路を一列になって歩いた。

線路の傍の小さい溝には青草が覆いかぶさるように生えていて、その間に糸トンボがコヨリのような胴体を浮していた。

「糸トンボって、好きよ。生ぐさくなくていいわ」

と、隆子さんが、白い腕を伸ばして指先で糸トンボをつまむ素振りをした。

「そうだな、生ぐさくないな、お茶漬の上にパラパラと振りかけても旨そうだ」

と大きい叔父が言った。

「お茶漬には、トンボの眼玉のツクダニの方がうまいよ」

小さい叔父がそういうと、京子さんがくっくっと噎《む》せるような笑い声をたてて、

「あら悪趣味ねえ」

と言った。その瞬間に、京子さんの腕が伸びて素早く小さい叔父の裸の上膊《じょうはく》をつねったのが一郎の眼に映った。京子さんはすぐに指を離し、腕を大きく振りながら線路の下の叢《くさむら》に飛び降りて、

「一郎くん。糸トンボをつかまえてあげるわね」

と、大きな声を上げた。

「そんなところで寄り道していちゃ、ダメじゃないか」

小さい叔父の言葉が終らないうちに、「イタイッ」という悲鳴が叢の中から聞えた。

京子さんが片腕を頭の上に差し上げて、その腕をはげしく振りまわしている。その指先に、黒いものがぶら下っていた。もう一方の腕で、京子さんは、その黒いものを振払った。指から離れて、それは叢の中に落ちた。

「痛い、痛い。わあ、厭だなあ、まだ何かくっついている」

泣き声を出して、京子さんは線路の上に戻ってきた。

「どうした、ちょっと見せてごらん」

小さい叔父が京子さんの腕を摑んで、指先を持上げさせた。

「なんだ、これは、首だけ残って嚙みついていやがる」

「首だけ、ああんイヤだなあ。はやく取って」

京子さんは、甘える口調になった。小さい叔父は京子さんの指の上に踞み込むようにして、豆粒ほどの小さい首を外そうとしていた。京子さんもその首に眼を近づけて、二人の頰と頰とがくっつきそうになった。

「これは、カマキリの首だな。こいつ、ぼやぼやしてカマキリに喰いつかれやがった」

小さい叔父は掌を拡げて、どすんと京子さんの背中を叩いた。

やがて、線路はトンネルに突当った。そのトンネルは途中でカーヴしているとみえて、向う側の口が見透せない。真黒い洞穴のような入口が、ぽっかり開いているだけである。

娘たちは、その前に立止って尻込みした。

「さあ、どんどん這入って行こう」

小さい叔父が勢よく言った。娘たちは、ためらいつづけた。

「おい、一郎。君は、トンネルを抜けて行くだろう」

「うん」

「わたし、やめるわ。まっ暗で、危いじゃないの」

と、隆子さんが言った。一行は、トンネルの入口の前に立止って、なんとなくあたりを見廻した。

近くの草原に、村の子供が四、五人集って佇んでいるのが見えた。そこらあたりには穂のあおい芒《すすき》が一面に生えていて、その芒の原のうえに子供たちの上半身がのぞいている。一人の子供は背をかがめていて、その姿が芒の中へ沈んだりまた現れたりすることを繰返していた。他の子供たちの軀も、ときどき揺れ動いた。陽は沈みかかって、夕暮の色があたりを染めていた。

「おーい、そこで何してるんだ」

大きな叔父が、子供たちに呼びかけた。

「猫のお墓を作ってるんだ」

「猫が、どうしたんだ」

「そこで、汽車に轢《ひ》かれて死んだんだ」

娘たちのあいだに、囁《ささや》き声が交された。

「ここで轢かれたんだって、気味がわるいわ」

「だけど、猫みたいな素ばしっこい動物が、汽車に轢かれるなんてことがあるかしら」

「あら、あるのよ。家の猫、飛込自殺したのよ」

隆子さんのその言葉を、小さい叔父がからかう口調で遮った。

「猫が自殺なんてするものか。猫が車に轢かれるときは、かならずサカリが付いてるときなんだ」

「あら、サカリだって、いやだわ」

京子さんが、くっくっと押殺すような笑い声を立てながら、そう言った。

「いやなことないさ。本当だもの」

小さい叔父は、妙にムキになって隆子さんに向って説明した。

「その時期になるとね、猫の眼に血が上っちまってね、前が暗くカスんだりするんだ。それで、車に轢かれてしまうのさ」

「へえ、おまえ猫でもないのによく分るな。それとも、自分の体験から割り出したのかい」

と、大きい叔父が言った。

「何だと」

小さな叔父は、怒った声を出した。

「バカ、そういうときは、笑うもんだ。おまえ、どうかしているぞ」

そのとき、トンネルの中から轟々《ごうごう》と響いてくる音が聞えた。その音はぐんぐん大きくなり、耳を聾《ろう》するほどになって、向う側のトンネルの口から機関車が走り出てきた。鳴りひびく音のために、しばらく会話が中断されてしまった。

汽車の音が遠ざかったとき、隆子さんが二人の叔父の口論を打切る調子で、きっぱりと言った。

「わたし、トンネルは抜けないわ。廻り道してゆくわ」

「わたしも」

他の二人の娘も言った。

「それじゃ、俺は隆子さんの護衛をして行くことにしよう」

と、大きな叔父が言った。

「あたしは、トンネルの方へ行くわ」

京子さんが、そう言って、小さい叔父に寄り添った。

「そうだ、はやく行こう」

小さい叔父は京子さんと寄り添った形のままトンネルの方へ歩き出そうとして、ふと立止った。振向いて、佇んでいる一郎に言った。

「一郎、君もトンネル組だったな。さあ行こう」

一郎の眼に、寄り添った男と女の姿とその背景に黒い穴を開いているトンネルが映ると、不意に一郎はあの暗い秘密のにおいを嗅いでしまった。いままで何とも思わなかったトンネルの黒い入口が、一郎の心を脅しはじめた。

「大きい叔父さん、待って。僕もそちらから行く」

「なんだ。そんならはやく、こっちへおいで」

大きい叔父の声に反撥するように、小さい叔父が依怙地《いこじ》な調子で言った。

「急にそんなことを言い出して、だめじゃないか」

そして、一郎の手首を摑むと、尻込みする一郎の軀を強い力でトンネルの暗い空間の中に引きずり込んだ。

トンネルを潜り抜けると、土用波の音が、一郎の耳に烈しく響きはじめた。それまでも波の音は同じ大きさで鳴っていた筈なのに、にわかに強く一郎の耳に届くようになった。海は線路の近くにあるのだが、草に覆われた小高い土地に遮られて見えない。しかし、その小高い土地の向う側に、不意に海面が高く盛り上ってきて、線路の方に雪崩《なだ》れ落ちてくる錯覚に一郎は捉えられた。一郎はそんな架空の恐れのために怯えた。

この日は、とくに一郎の気持はあちこちに躓き動揺しつづけた。

レヴュー小屋でも、動揺はつづいた。舞台に濃い化粧をした少女が立って、流行歌を唄う。一郎より二つ三つ年上にみえる少女である。その少女の声は、高い音階のところへくると必ず嗄《しゃが》れた。軋《きし》んでひび割れた。その声を聞くと、一郎はまわりの空気の中に怯えと快さとの混り合ったにおいを嗅いだ。

帰り途は、夜が更けたので、村に二台しかないボロ自動車に乗ることにした。一台はすでに先客があって、一郎たち七人は一台の車に詰め込まれることになった。

後ろの座席には、二人の叔父と隆子さんと京子さんがほとんど重なり合うようになって腰掛けた。残りの二人の娘は、運転手の横に軀をくっつけ合せて坐った。

「おい、一郎、はやく、ここへ乗れ」

薄暗い座席の中から、男と女、男と女と二組の顔が一郎の方を向いていた。その光景に、烈しく一郎はためらった。

「なにしてるんだ、はやく這入ってこいよ」

「だって、満員じゃないか」

一郎はステップに足を乗せ、窓枠につかまって、自動車の外側にとりついた。

「ここの方が、涼しくていいや。僕、ここに乗ってゆくよ」

「危いわ。中へ入っていないと、振落されるわよ」

隆子さんの声が聞えた。

「大丈夫さ」

「いけないわ」

苛立った運転手は、車を動かしはじめた。凸凹の多い田舎道を走る車体の動揺が一郎の軀に伝わりはじめた瞬間、にわかに一郎は自分の軀を支えきれない気持になってしまった。一郎はあわてて、車の窓から車内へ入ろうとした。その気配を見てとった隆子さんが、

「運転手さん、停めて。あぶないから停めて」

と叫んだが、運転手は知らぬ顔で、一層スピードを加えて車を疾走させた。

小さい窓から頭を突込み、やっと肩まで入れた一郎の軀をつかまえた小さい叔父が、一郎を車内に引張りこんだ。一郎はほとんど逆立ちの恰好で、四人の男女が押合うように並んでいる膝の上に落ちかかった。一郎の網膜に、自分の不様な恰好が鮮かに浮び上った。屈辱の気持が、深く心に喰い込んだ。

「バカなやつだ。つまらない冒険をしやがって」

そういう小さい叔父の声が聞え、その傍でくっくっと笑い声を立てている京子さんの唇が、薄暗い中になまなましく浮び上っていた。赤く塗られた二枚の唇が、かるく重なり合ってその両端がきゅっと釣りあがっていた。

その日から数日後の夜、寝冷えで下痢をしている一郎は早目に寝床へ入った。大きな声が、一郎の眠りを破った。縁側に二人の叔父が向い合って立っている姿が、蚊帳《かや》を透して眼に映った。

「そんなことを言う権利が、兄さんにあるのか」

「べつに、無いさ。しかし、おまえにも無いだろう」

「俺の気持を受容れるかどうかは、隆子さんの自由じゃないか」

「それはそうさ。だが、おまえ、京ちゃんのことはどうする」

「あの女は夏場だけの女さ。俺は隆子さんが好きなんだ」

「好きになるのは、それは、おまえの勝手さ」

「おや、兄さんはまるで隆子さんが自分の……」

一時そこで声が跡切《とぎ》れ、急に声が低くなって押問答がつづいていたが、不意に小さい叔父が拳を勢鋭く突出した。

「うっ」

呻《うめ》き声が大きい叔父の唇から洩れ、腹を押えて軀を二つに屈めていたが、やがて軀を真直に起すと、

「殴りやがって、バカなやつだ」

と噛んで吐き出すように言った。小さい叔父はしばらく沈黙したまま立っていたが、不意に身をひるがえすと庭先から闇の中へ消えた。一郎は眼が冴えてしまった。二人の叔父の間にどういう事が起ったのかは漠然として捉え難かったが、闇の中にあの暗い秘密のにおいが漂っていることを、一郎は苛立たしい気分で嗅ぎ取っていた。

ようやく一郎を捉えた眠りは、夜半にもう一度断ち切られた。小さい叔父が泥酔して戻ってきたからだ。小さい叔父は、程なく静かになった。一郎もやがて眠りに陥《お》ちてい

った。

翌日は、騒々しい一日だった。朝、噂が伝わってきた。昨夜のうちに浜辺に異変が起っていた、というのだ。遊動円木《ゆうどうえんぼく》の柱が砂浜から引抜かれて、横倒しになっているし、葦簀《よしず》張りの脱衣所が火を付けられて焼失してしまっている、というのである。

「葦簀の小屋でも、やっぱり放火には違いないからな。村の警察が動き出すかもしれない」

そういう言葉が囁き交されていた。

小さい叔父は、布団に潜ったきり、いつまでも起きてこなかった。

昼過ぎ、もう一つの噂が伝わった。

トンネルの近くの山の中で、心中死体が発見された、というのだ。薪を取りに山に入った村人が、半分腰が抜けかかって戻ってきての報告だそうだ。早速、警察が動き出した。都会風の男女だが、避暑にきている人たちではないらしかった。その山を目標にして、旅してきた男女らしかった。ポータブル蓄音機が死体の傍に置かれていて、ロマンチックな題の流行歌のレコードが載っていたそうだ。心中の噂が、浜辺の異変の噂を圧倒し、圧《お》し潰してしまった。

夜になると、一人で浜を散歩していた一郎が殴り合いの喧嘩をした。小学六年生くらいの女の子五人を相手にしてである。一郎がぶらぶらしていると、見覚えのない女の子が声をかけてきた。からかう調子である。

「あら、あの子、今夜は一人で歩いてるわ。あの子、いつも女の子とばっかり遊んでるのよ。ねえ、一郎くんそうでしょ、めずらしいわねえ」

先日から一郎の心の中に蓄積されてきた苛立たしさ、曖昧さ、不安定さが、この瞬間に一挙に堰《せき》を切って軀の中に渦巻きはじめた。

どうしてこんなに腹立たしいのか、ふと不思議におもう気分も掠めて過ぎたが、一郎の手や足はやたらに荒れ狂って、女の子たちに向っていった。女の子の方もいさましく立向って、通りかかった大人が一郎を抱き止めたときには、一郎の軀のあちこちにはヒッカキ傷が出来ていた。

翌日になると、二人の叔父の間のぎごちなさは取れているようにみえた。隆子さんも京子さんも、相変らずよく遊びにやってきた。

しかし、もう夏休みの終りは近づいていた。海岸は日に日に寂《さび》れていった。

隆子さんが帰るときも、京子さんが帰るときも、一郎は二人の叔父と一緒に駅まで見送りに行った。田舎の駅のプラットフォームの上には、赤と黄のカンナが花を咲かせていた。

仲良くなった漁師の老人も見送りにきていて、隆子さんのときには蜂蜜の瓶を、京子さんのときには竹籠に入れた生の蛸《たこ》を、それぞれ土産として汽車の窓越しに手渡していた。そして、隆子さんのときには大きい叔父が隆子さんと、京子さんのときには小さい叔父が京子さんと、主に話を交していた。

一郎たちも、都会へ引上げる準備をはじめた。その頃、都会から一郎宛に一通の封書が届いた。見覚えのない女の名前が差出人になっていた。

封筒の封をした箇所に、大きく見開いた睫毛《まつげ》の長い眼が一つだけ、ペンで丹念に描いてある。手紙には、何の変哲もない事柄が書きつらねてあるだけだったが、その内容から差出人は先夜一郎が浜で喧嘩した相手の女の子の一人であることが分った。しかし、一郎がどの女の子か考えても、顔を思い出すことができない。

「つまんない手紙だな」

と一郎が呟くと、傍から一郎の手もとを覗き込んでいた大きい叔父は、

「この次くる手紙の封のところには、きっと瞑《つむ》った片眼が描いてあるぞ」

と笑いながら、そう言った。

小さい叔父は、

「一郎、おまえ、ホレられたんだぞ」

と、言い、低い声でいつまでも笑いつづけていた。その笑い声は、妙に弱々しく聞えた。

崖下の家

モダンという言葉は、現在ではすっかり古色蒼然となってしまった。その言葉から私の連想に浮ぶのは、片田舎の雑貨屋荒物屋の店先で売られている、「モダン七輪」とか「モダン懐炉」とかいう品物である。実際にそういう商品名があるかどうか知らないが、ともかくそんな連想が浮ぶ。場合によっては、その言葉は、鄙びた一種奇妙な味を示すことがあるが、それにしても本来の意味とは逆の効果しか与えていないわけだ。

しかし、昭和初年には、その言葉は新鮮なひびきを持っていた。パーマネント・ウェーヴという言葉も、どうやらモダンという言葉に似た運命を辿《たど》っているようだ。それとともに、美容師という職業も平凡な仕事の一つになってきた。私の母は美容師であるが、当時、美容院開店の広告ビラを街頭で配っていると、警官に交番へ連れて行かれたそうである。袖無しのブラウスを着ていたので風俗壊乱である、というのがその理由である。しかし、本当の理由は、警察が美容師という職業の内容に判断を下しかねて、拘引訊問《こういんじんもん》をおこなったらしい。

母の美容院が建ったとき、それはモダンな建築として評判になった。鋭角の二等辺三角形をした狭い土地一ぱいに建てなくてはならなかったため、建物の形も三角形になった。これが、新鮮な効果をあげた。緑色のモルタル塗り三階建西洋館には、円形や楕円形の窓があちこちに付いていて、波止場に横付けになった商船の一部分のように見えた。

その西洋館の裏側に、古い日本家屋がうずくまっていた。光の入らぬ、ひどく暗い家である。それは、三階建の建物と背面の崖とに挟まれているためであったが、そればかりではない。

それは、病人がいるためだ。崖の下の八畳間が病室になっていたが、その部屋の中央を横切って柱と柱の間に太い青竹が渡してあった。大人の胸の高さに、竹竿が取付けてある。薄暗い部屋の片隅には、黒塗の便器がひっそり光っていた。

病人は、私の祖母である。下半身不随になった祖母は、藁布団《わらぶとん》の上に布団を重ねた小さな矩形《くけい》の中に住んでいた。そして、ある日、医師のすすめで青竹が部屋の中に取付けられた。その竹竿に縋《すが》ってわずかでも歩く練習をすることが、衰えてゆく機能をいくらかでも引止めることに役立つ、というのが医師の意見であった。

しかし、祖母は二、三歩軀を移動させるのがようやくで、あとは崩れ落ちてゆく軀を、両腕で青竹に取縋ることによって引止めるだけだった。

祖母、といっても、小学生の私にとっての祖母で、年齢はまだ五十歳には間があった。地方都市にいる祖父と別居して、父と母の許にきていた。髪の毛も黒く豊かで、細面の美人である。軀も痩せ型である。

部屋の中の青竹は、祖母の役には立たなかったが、小学生の私にとっては恰好の遊び道具になった。青竹は私の両手の指で摑み切れぬほど太かったが、私はそれを鉄棒のかわりにして、前方回転や後方回転をして遊んだ。折り曲げた脚をかけて、さかさまにぶら下ったりした。その度に竹竿はギシギシと音を立てた。

足萎えの病人の傍で、病人のための青竹を鉄棒がわりにして遊んでいる少年を眺めて、どういう気分に祖母がなっていたか、いまとなっては知る術《すべ》がない。しかし、私の記憶には、そのために祖母が不意に不機嫌になった場面はない。活潑に遊んでいる孫を眺めている祖母の心持、であったのであろう。

青竹に関しては無かったが、しかし、私は祖母の気分の突然の変化にはしばしば悩まされた。

たとえば、古い貨幣を、私はいくつか集めていたことがある。大きくて厚い、鈍重な感じの二銭銅貨や、小指の爪ほどに小さくて薄い十銭銀貨などが、私の気に入っていた。祖母は、私にその貨幣を並べさせて、機嫌よく手にとって眺める。ところがその翌日、学校から帰ってみると、貨幣を容れた箱が空になっている。祖母に訊くと、

「あれは、屑屋がきたから、売ってしまったよ」

と言う。私は怒って怒鳴る。祖母が怒鳴りかえす。

「あんなものをいじくっている間に、勉強しなさい」

私は許さない。すると、祖母は激昂《げっこう》する。そういうときには、手近にある物差しを握って私に打ちかかろうとする。足の萎えた軀が、布団の上から二尺も跳ね上る。私は腹立たしさと、痛ましさと、滑稽さとを同時に感じる。

そして、何よりも私を割切れぬ心持にさせたのは、祖母の気分の急変が何に由来しているのか分らぬことである。毎日周波数が違っているラジオに向い合っているような、当惑した心持になってしまう。

部屋の中の小さな矩形の上で生活している祖母は、来客を好んだ。客にたいしては、

いつも機嫌がよく、気分にムラがなく、ご馳走を並べて歓待した。そこで、親戚の青年たちはしばしば友人を連れて、薄暗い、昼間でも電燈の点いている祖母の居間へ遊びに来た。

もっとも、彼らの本当の目的は、あとで三角形の建物へ立寄って、そこで働いている女性たちと会話を交したりレコードを聞いたりする点にあるようだった。

私は部屋の中央にある大きな掘炬燵《ほりごたつ》にもぐり込んで、これらの青年たちを観察していたわけだが、こういう場面を鮮明に覚えている。

親戚の大学生が、友人を連れてきた。ひげの剃《そ》りあとの青々とした、眉の濃い青年である。大学生は、その友人のことを、自分の自慢をしているような調子で紹介した。

「おばあさん、この男の歌は、大したものですよ、本格的です」

「あら、それじゃあ、歌って聞かせてちょうだい」

その友人は、背筋をちゃんと伸ばし、ちょっと顎《あご》を引いた姿勢で答えた。

「いま、急に言われたって、具合が悪いですよ」

「そうおっしゃらずに」

「でも、いますぐは、だめですよ」

その返事の声は、オペラの発声法に似た声音だった。私は、ふと、その声をひどく生臭く感じたのを覚えている。

　祖母の居間にくる客と祖母との会話を聞いて、私は一つの発見をした。それは会話の中に、性的なことが出てくると、祖母の機嫌がよくなる、ということである。

　頬を少し染め、笑い声を小さくたてながら、

「悪いひとね」

　とか、

「困った人ね」

　とか、言うのである。

　しかし、性的なこと、といっても、子供にとって「性的なこと」とは一体どういうことなのだろうか。会話の中から、性的なことを取出す子供は、ただそこから文字を取出すだけである。たとえば、性器の名称を取出した子供は、くすりと笑うけれど、ただそれだけである。使用法を書いた印刷物の付いていないピンク色の錠剤を与えられた人間と同じように、それを前に置いて戸惑ってしまう。

　祖母との会話に、性的な内容を織り込むとき、相手はその内容とニュアンスについて、デリケートな計算を施していたに違いない。しかし、小学生の私は、そのことは分らな

かった。

ただ、単純に、性的なことを言えば、祖母は笑う、と考えた。そこに、私の大きな誤算があった。

私がその発見をして間もなく、新しい年がきた。例年のように、新年宴会が祖母の居間で開かれた。母の店で働いている女性たち、若い娘たちばかりが集って、カルタを取ったり、ジェスチュア遊びをしたりして遊ぶのである。

母は所用で、その席にいなかった。祖母は十数人の娘たちに囲まれて、若やいだ顔つきをしていた。

この日、私は企んでいた。機会を捉えて、ワイセツなことを言おうと、待ち構えていた。

そのことが、確実に祖母を上機嫌にすると思い込んでいたのであるから、その企みは幼い私のサービス精神のあらわれとも言えた。しかし、その気持ばかりではない。平素私は祖母の気分の急変に悩まされていた。その上、急激に変化する理由も、あるいはその時期を捉え難いことも、私を一層悩ましていた。だが、この日は、私は祖母の気分の動きを支配できるのである。いまに、私の一言によって、祖母は少し頬を染め小さな笑い声を立てるのだ。そのことを考えると、私は胸が躍った。

尻取り言葉遊びのとき、私はようやくその機会を摑もうとした。つぎつぎと、いろいろの言葉が、隣から隣へと受渡されて行ったが、なかなか適当な文字が私に渡されなかった。

リンゴ、ゴリラ。

トケイ、インディアン。

平凡な言葉の頭の字が私に渡され、私はしだいに苛立ってきた。一つの文字が私に渡されたとき、私は思い切って、大きな声で叫んだ。悪童たちが、塀に落書をする、あの女性性器の名称を、卑俗の言葉で叫んだ。

祖母が笑い声をたて、その笑いは一座に行きわたる筈だった。

しかし、違った。祖母が当惑したような、苦い顔をした。そして、一瞬、一座は森閑とした。

いつも道化役を演じている、円顔の陽気な女性が、この場を救おうとした。

「え、ああ、マッチね、マッチ、マッチ。チです。さあ次のかた」

いつもは巧みに笑いを誘い出す彼女だが、その声には平素の軽妙さはなく、その言葉はいかにもわざとらしく聞えた。

私は、大きな計算違いをしたことを知った。不意に、この部屋に集っている沢山の人間のなかで、自分だけが異なった形の性器を持っていることを、このとき私は強く意識した。

やがて、元のように尻取り言葉が一座を廻り出したとき、私は自分の失敗に恥入っていた。失敗の理由は、明確には分析できなかったが、失敗感だけは、重たく私の中に残った。私の善意が、祖母によって裏切られたような気分も動いていた。

この日から、私は女性にたいして一層臆病になったようである。

若い娘たちと接触の多い幼年時代を過したにもかかわらず、私は女性にたいして大そう物怯《ものお》じする子供だった。

同じ年頃の少女に気軽に口をきくことなど、思いもよらぬことであった。それは、相手を異性として意識しすぎるために、緊張したあげく口のあたりが硬化してしまうのである。

その症状は、はやくも、幼稚園生徒のときに私を襲った。そのために、小学校卒業までの期間、私が同年配の少女と言葉を交したのは、わずかに一回にすぎない。

理科の授業のとき、黒縁めがねをかけた中年の先生が言った。

「今度の授業のときは、鮒《ふな》を持ってくるように。実物について、観察する」

小学三年生の私は、先生の言いつけを絶対なものとする愚直な生徒であった。しかし、鮒はなかなか手に入らなかった。仕方なく、私は魚屋で黒い鯉《こい》を手に入れ、金だらいに入れて持っていった。

鯉と鮒とは違うもので、それは何の役にも立たなかった。放課後、浮ぬ顔で、私は風呂敷包を提げて校門を出た。風呂敷包の中の小さい金だらいの中では、大きな鯉が気息《きそく》奄々《えんえん》となっていた。

不意に、同じ学年の女生徒が、私の傍に駆け寄ってきた。私の提げている風呂敷包に彼女は指先で隙間を作って、覗き込んだ。

「大きな鯉ね、あら、ぐったりしてるわ、死ぬのじゃないかしら」

私の眼の前に、背をかがめて覗き込んでいる女の子の、縮れた髪の毛があった。

「ああ」

曖昧な声を出して、私は立っていた。いま何か言わなくては、と私の中でけしかける声があったが、何も言葉は出てこなかった。呆然と佇んでいる私をチラリと眺めると、少女はそのまま立去って行った。

大きなたらいに移して、水をそそぐと、鯉は生き返った。黒いからだをうねらせ、尻尾を動かして、鯉はたらいの中を動き廻りはじめた。翌朝、私はその鯉を味噌汁にして喰べてしまった。

このとき、言葉にもならぬ短い音声を発したことが、小学生の私が同年輩の女性にたいしての交渉のすべてである。中学生になってからは、その種の出来事さえ起らなくなってしまった。

祖母はますます気難しく、気まぐれになっていった。ただ、脚が立つようになることへの希望だけは、終始執拗に捨てなかった。

脚が立つために、いろいろの方法が採られた。そして、祖母が新しい方法を聞き込み見つけ出すたびに、私はそのことに何らかの関係を持たされた。

医薬が効果をあらわさないことが分ると、祖母の居間に、温灸師《おんきゅうし》があらわれるようになった。いつも愛想のよい笑いを顔に浮べている、狐に似た中年女である。部屋の中の青竹は取りはずされて、庭の隅で雨ざらしになっていた。

祖母は自分一人で治療を受けるのが心細いらしかった。そして、私も一緒に治療を受けるように、執念深く誘った。

淡黄色のモグサが皮膚の上に載せられ、線香の火が近づく。点火したモグサから、ゆらゆらと細い煙が立上り、線香とモグサのにおいが混り合って鼻腔に忍び込んでくる。不意に、私はそれがひどく老人くさいにおいに感じられた。

祖母と並んで、治療を受けている子供の自分の姿を眼に浮べて、私はにわかに疎《うと》ましいテレくさい気分になった。

「熱い、熱い」

と、私は叫んだ。耐え難い熱さではなかった。黙って灸をすえられていることに、耐えられない気持だった。テレかくしに私は大声で叫んだ。

「アチチチ、コケコッコー」

祖母と温灸師は、声をそろえて笑った。祖母は機嫌よく笑い、温灸師は愛想よく言った。

「まあ、おもしろい坊ちゃんですこと」

私は思いがけぬ成功を知って、モグサに火がつく度に、幾度も繰返して叫んだ。

「アチチチ、コケコッコー」

その度に、祖母は笑った。そして私は、しだいに馬鹿らしい気持になっていった。次回の治療のときから、私は姿をくらますことにした。私が一緒に治療を受けないことは祖母にとっては裏切行為を意味するらしかった。彼女は、憎々しげな口調で、私を詰《なじ》った。

「おまえが、そんな心がけでは、わたしの脚は立ちはしないだろうよ」

温灸師の姿が祖母の居間で見られなくなり、替りにマッサージ師が現れるようになった。マッサージ師の姿が見られなくなる頃から、祖母は毎朝仏壇に御飯と茶を供えることに熱心になりはじめた。

「ご先祖を大切にしなくてはいけません。わたしは脚が悪くて仏壇のところまで行けないから、おまえ、替りにお供えしておくれ」

二、三日、私は小さな黒塗の台にママゴトに使うような湯呑茶碗を載せ、神妙に熱い茶を仏壇に供えてみた。鉦《かね》を打鳴らし、掌を合せる。しかし、一体、何を何に対して祈ろうとするのか。と、自問自答して、私は馬鹿らしい気持になった。

私が祈ることをやめてしまうと、祖母は声を荒らげて罵《ののし》る。にわかに、泣き声になって哀願する。

「おまえは、わたしの替りをしてくれないというのかい。わたしの脚が立たなくていいのかい」

「脚が立った方が、いいにきまっているさ。だけど、こんな小さな箱に向って、手を合せたって、脚が立つわけがないじゃないか」

「そういう罰当りなことを言う。おまえがそういう心がけだから、わたしの脚が立たないんだ」

そういうときの祖母の声は、女性の音色ではなかった。私はあさましく思い、そういう祖母を憐《あわ》れむ心は起らずに、ただ疎ましかった。そして、私に強制する祖母を憎んだ。

私が中学生になった頃、ある新興宗教に祖母は熱中するようになった。

もしも、足萎えにならなかったならば、祖母の心をその宗教が捉えるようなことが起らなかったにちがいない。むしろ、それを軽蔑する側に立ったかも知れない。彼女は読書家で、いわゆるインテリ女性で、祖父は祖母の眼から見れば知性の不足した男性であったようだ。そのことが別居の一因となっていたようである。

祖母のその宗教にたいする熱中の仕方は、心の安らぎを得ようというのでなく、あくまでそれによって脚が立つようになるためであった。例によって、祖母が言った。

「あたしの替りに、本部へ行って、拝んできておくれ」

そして、例によって、私は祖母の言葉に従って出かけて行った。

目的地に向いながら、私はとりとめもなく考えていた。自分は宗教というものには、不感症といってよい。人間の知恵で計り知れない存在を神とか仏とか言うとすれば、そういう存在はあるかもしれぬとは思う。しかし、そういう存在が人間と交渉を持つということは、全く信じない。そういう存在が信心深い人間を選んで手を差しのべるという考えに至っては、ナンセンスとしか思えない。

そんなことを考えながら、私は腹を立てていた。本部へ出かけさせる祖母に、出かけてゆく自分に、腹を立てながらも、一度は出かけて行ってしまうのである。

寒い日だった。本部の建物の扉の前で、私はしばらくためらっていた。内側から、ナンミョウホウレンゲキョウの合唱が響いてくる。

扉が開いた。坊主刈の痩せた青年が、よろめくような足どりで出てきた。中風で半身不随になったような歩き方だ。小児麻痺かも知れぬ。彼は私の傍で立止ると、首をねじ曲げるような姿勢で私を眺めながら話しかけてきた。舌がもつれて、言葉が聞き取りにくい。

「お題目、よかったなあ」

と、聞えた。

私は黙って、青年を眺めていた。彼の具合の悪い部分は、軀だけではないようだ。あきらかに、精神薄弱の相であった。

「おれ、今度、お山へ行くんだあ」

と、彼は笑いとおぼしきものを漂わせて言った。うっとりとした語調である。お山、というのは、おそらく本山のことだろう、と判断した。

「お山、て、どこにあるの」

2021
10
中公文庫　新刊案内

歌舞伎町ゲノム

誉田哲也

法では裁けぬ悪を始末する、伝説の暗殺者集団・歌舞伎町セブン。「復讐」という言葉のもとに数々の人間模様を目の当たりにする、彼らの日々を描く――。新メンバー登場、そして、あのNWOも動き出す！〈解説〉宇田川拓也

二九〇万部突破の〈ジウ〉サーガ最新作、待望の文庫化！

彼らの裁きは、
無罪か、
死刑のみ

●814円

本牧亭の灯は消えず
席亭・石井英子一代記
石井英子

講談定席として多くの芸人が集った本牧亭。その席亭を四十二年にわたり務めた「おかみさん」が語る笑いあり涙ありの一代記。〈巻末対談〉宝井琴調／神田伯山

●924円

酔人・田辺茂一伝
立川談志

「人生の師」紀伊國屋書店創業者・田辺茂一との思い出を、昭和の文化芸能界の華やかな夜とともに振り返る。談志没後10年に初文庫化。〈解説〉高田文夫

●968円

子供の領分
吉行淳之介

教科書で読み継がれた名篇「童謡」など、早熟でどこか醒めた少年の世界を描く十篇。随筆「子供の時間」他一篇を付す。〈巻末エッセイ〉安岡章太郎／吉行和子

●946円

野口冨士男犯罪小説集
風のない日々／少女
野口冨士男

二・二六事件前夜、平凡な銀行員が小さな行き違いの果てに一線を越えてしまう。リアルな描写の積み重ねがサスペンスを生む知られざる傑作。〈解説〉川本三郎

●1100円

王将・坂田三吉

織田作之助／藤沢桓夫／村松梢風

文庫オリジナル

反骨の棋士・坂田三吉（一八七〇～一九四六）の破天荒な人生を描く短篇集。菊池寛、吉屋信子、北條秀司、内藤國雄らの随筆を併録。〈解説〉西上心太

●902円

剣闘士《グラディエーター》

血と汗のローマ社会史

本村凌二

奴隷制、円形闘技場……ローマ史を流血で彩った剣闘士の光と影。ローマ帝国の繁栄と衰退を史上唯一の公認殺人競技を通して描き出す。〈解説〉ヤマザキマリ

●1056円

科学者の創造性

雑誌『自然』より

湯川秀樹

没後40年

物理学を志した学生時代の回想から国際科学史会議講演まで。科学雑誌『自然』掲載（一九四七～七五）のノーベル賞受賞者の随筆と講演をオリジナル編集。

●1100円

ラバウル戦線異状なし

現地司令長官の回想

草鹿任一

激戦下の南太平洋において落日無援の孤城を守り抜き、自給自足で武器と食糧を調達、最後まで航空戦を指揮した名将の回顧録。初文庫化。〈解説〉戸髙一成

●990円

「お山を知らないのか」

青年は不満そうだ。おもい直して、説明してくれる。たどたどしい口調で、お山へ行く地理を説明してくれた。

「とにかく、その町まで行けば、すぐ分るよ。はやく行くんだなあ」

うっとりした笑いが、青年の顔に漂う。とにかく、この宗教が彼に強い影響を与えていることは確かなことだ。痴呆的な笑顔のうしろの建物からは、相変らずナンミョウホウレンゲキョウの合唱が響いてくる。

その響が、陰々滅々という感じで、私の耳に聞えてきた。

その宗教も、祖母の脚を立てることはできなかった。祖母は、その宗教によって心の安らぎを見出そうということは考えない。やがて、教典や経本の類《たぐい》は押入れの隅に積まれて埃にまみれることになってしまった。

太平洋戦争がはじまった頃、祖母は電気マッサージに凝った。電気マッサージ器を、幾つもマッサージ師のすすめるままに買い込んだ。いろいろの恰好の器具が、祖母の軀のあちこちにくっついて、ブルンブルンと一斉に震動していた。しばしば、電気のヒューズが飛んだ。

この治療に熱中した時期は、二年後、祖母が死ぬまで続いた。おそらく、祖母は心の底の方では再び脚の立つことを断念していたのではないかとおもう。そして、こまかく震動するこの器具が、祖母の疲労した筋肉に快かったために、彼女はこれらの器具を手離さなかったのであろう。

一方、祖母の気分の変化はますます烈しく、怒鳴り声は中性的なひびきを帯びてきた。祖母の苦情の内容は、しばしば理不尽をきわめ、私はことごとに反抗した。私は人生において、最も感情が激しやすい不安定な年齢にさしかかっていたので、私と祖母は毎日ののしり合い、いがみ合った。

時折、祖母は失禁するようになった。下半身の麻痺が進んだためである。汚れた布団の上から担ぎ上げられて、風呂場へ運ばれてゆくとき、祖母は、

「もう、わたしはダメだ。もうもう、ダメだよ」

と繰返して言う。その時の声は、大そう女性的で、むしろ媚《なま》めかしく響いた。その声を聞くと私の心には疎ましさと悲しさの混り合った感情が湧いた。

昭和十九年、戦場はしだいに本土に近づいてきた。空襲の覚悟をしなくてはならなくなった。

雲が低く垂れ下った鉛色の空を、あるいは底の抜けるほど青い空を、私はしばしば眺めて自問自答した。

「焼夷弾を受けて、家が焼けはじめたら、ぼくは脚の立たない祖母をどうするだろうか」

一瞬私は焔《ほのお》に包まれた家に、祖母を置き去りにして逃げ出す光景を思い浮べる。しかし、やがて私は答える。

「やはり、ぼくは重い厄介な荷物を背負うようにして、祖母を背負って逃げることになるだろう」

その年の夏、祖母は腎盂炎《じんうえん》になった。命にかかわる病気とは思えなかったが、祖母はしだいに衰弱し、入院することになった。

病状は小康を保っているようにもみえ、じりじり衰弱が加わって死に近づいているようにも思えた。医師は、はっきりした形の予告を私たちに与えなかった。私たちは交替で、だれか一人は病室に残っているようにした。

ある夜十時ごろ、病院から電話があった。祖母の容態がおかしい、というのである。私は母と一緒にいそいで家を出た。街にタクシーの走っている時代ではない。いらいらしながら、電車を待った。

電車を下りると、駅の傍に交番がある。巡査が私たちを呼び止めた。母は頭からフロシキのようなものをかぶっていたので、一層若く見えたらしい。それでなくても、母と私とはしばしば姉弟に見間違えられていた。巡査は姉弟とは見ず、学生と女との二人連れと間違えたのだ。戦争末期には、学生が女性と連れ立って歩くことは、許しがたい罪悪と見なされていたのである。

その交番で私たちはかなり長い時間引止められた。母子であるという説明も、巡査は信じようとしない。祖母が死にかけているのだから、という説明も信じない。とうとう私たちは、その巡査を病院の前まで連れて行かなくてはならなかった。

病室は花の香でむせ返るようだった。親戚の顔が揃っていた。数百キロ離れた土地にいる祖父の顔は見えない。いわゆる美談好きの祖父は、祖母の臨終の有様を、「枕もとの花を眺めて辞世の一句をつくってことときれた」、と後日人に語ったそうだが、それは事実無根である。

私の顔を見ると早速、祖母は苦情を言いはじめた。

「みんな見舞にきてくれているのに、おまえが一番遅いじゃないか」

私は弁解しなかった。

祖母は、ふと気をかえたように、

「ウイスキー紅茶が飲みたい」

と言った。祖母は幾日も甘いものを欲したことはなかったのであるが、紅茶をうまそうに飲み終ると、意識不明の状態に陥った。

その状態が三十分ほど続いて、不意に祖母は眼を見開くと、ゆっくりあたりを見まわして、

「さあさあ、みんな揃っているね。ケーキを切って分けておあげ」

その言葉が、祖母の最後の言葉である。祖母は歯を喰いしばり、いくらか前歯を覗かせた顔になって、コトリと死んだ。

病室に泣き声が起った。私は、涙も悲しい気持も出てこない。ただ、緊張していた。縁者に知らせるために電話をかけに廊下に出た。

その相手には電話はなく、隣家に呼出してもらわなくてはならなかった。

受話器の中で、無愛想な女の声がひびいてきた。

「こんな夜中に、呼びに行くわけにはいきませんよ」

「しかし、人が死んだものですから、お願いします」

「でも夜中ですからね」

「死んだことを知らせたいのです」

「駄目です」

受話器をかける乱暴な音が、私の電話機の中で鳴った。そのとき、はじめて私は強く感じた。祖母が死んだ、それは不幸な一生だった、ということを。祖母は、十五年間寝床の上の生活をおくり、五十五歳で死んだ。

童謡

少年は、高熱を発した。その熱がいつまでも下らず、とうとう入院することになった。見舞にきた友人が、うらやましそうに言った。

「君は、蒲団の国へ行くわけだな。あそこはいいぞ」

少年は、病気に馴れていなかった。そういう少年を慰めるために、友人が、気軽な言い方をしたわけだ。しかし、そればかりではない。病気に馴れているその友人の言葉には「蒲団の国」へ行く少年をうらやましがる実感も含められていた。

「高い熱は、そのうち下ってくる。君は、高い熱の尖った頭をうまい具合に撫でて、まるい小さな頭にすることができるようになる。微熱というのは、いいものだ。そうなれば、君は蒲団の国の王様になれる」

友人は饒舌《じょうぜつ》になった。

「そうなれば、君は静かに横たわっている大男になるわけだ。枕を二つ重ねた小さい丘に頭を載せて、眼のまえにひろがっている野原や谿谷《けいこく》を眺めている。その野や谷に、君はつぎつぎと樹を植えたり、町を建てたりすることができる。その中に、いろいろの人物を呼び寄せてくることができる」

「そんなものかな」

少年はそう答えたが、熱のために咽喉《のど》が塞《ふさ》がって、呼吸が苦しかった。「そんなものかな」と、あらためてそう思い、少年は友人の病気馴れのした青白い顔をみた。

「そんなもんだよ。こういう童謡があるよ」

と、友人は言って、童謡の一節を口に出した。奇妙に間のびしたフシをつけて、口ずさんだ。

「ぼくは静かな大男、
枕の丘から眺めてる。

すぐ眼のまえは谷や野だ。

楽しい蒲団の国なのだ」

ところで、少年にとっては、事態はすこしも、「そんなもの」ではなかった。

高熱は、いつまでも続いた。高熱を出しつづけるためには、燃料が必要だ。その燃料に、少年の肉や血が使われた。胴体や腕や脚の肉は、たちまち失われてしまった。

しかし、少年の軀はそれでも高熱を発しつづけた。そのため、鼻梁の肉や、頭蓋にかぶさっている薄い肉や、歯ぐきの肉も失われてしまった。頭蓋骨の継ぎ目が、指先でさわれるようになった。膝の骨が、細い松の枝にできた病瘤《びょうりゅう》のように、大きく飛び出した。尻の肉も全部削げ落ちて、肛門が長い管のように突出してしまった。

少年の肉は燃え尽したが、生命は燃え残った。そして、高い熱は、みるみる下りはじめた。

「微熱はいいものだ」

と、友人が言ったが、高い熱が下った少年の体温は、ひどく低くなった。敷布に、軀のぬくもりがほとんど移って行かない。「蒲団の国」の王様どころか、白い乾いた地面の上に投げ捨てられた死体のように、少年は自分を感じた。そして、白い敷布のひろがりの上に横たわっている、骨格だけになった自分の軀を見まわした。

少年は、自分一人の力では、起き上れなくなった。腹這いにされた姿勢から起き上ろうとすると、徒《いたず》らに手足がばたばた動くだけで、軀は敷布に密着したまま、すこしも持上らなかった。その肉のない手足は昆虫の肢《あし》のようにみえた。

そのときの少年は、野や谷や丘を腹の下に敷いて、静かに横たわっている大男とは、かけ離れた存在だった。地平線がはるか彼方《かなた》に煙っている、広大な砂漠の中に投げ込まれて、平べったくなってしまった小さなものにすぎなかった。

そんなとき、あの友人が少年を見舞にきた。友人は、少年を見ると、おどろいた顔になった。

「蒲団の国は、たのしくないぞ」

先手を打って、少年が言った。

「うん、そうだろう。ずいぶん痩せたな。見ちがえたよ」

しかし、少年の眼にも、その友人は別人のように見えた。友人は、以前とはすこしも変っていない筈だ。顔色は相変らず青い。しかし、その青白い顔の皮膚が、すべすべとした強靭《きょうじん》なナメシ皮のように見える。若々しい生命力が、その皮膚を内側から押上げて、たるみなく肉を包んでいる。

「これが、生きている人間なのだ」

少年はそう思い、ふと周囲を見まわす心持になった。心細くなった。相手の眼に、自分が別人のように映るのは当然のことだ。しかし、病弱な友人がこのように眼に映ってくることが、少年を脅かした。生きている人間の世界から、ずり落ちかけている自分を感じた。

　医師が部屋に入ってきた。

「さあ、君、立って歩く練習をするんだ」

医師は、命令した。少年の耳には、理不尽な命令に聞えた。少年は、医師の顔をみた。その顔は、逞しく、ぎらぎら脂が浮び上っていた。それは命令する者の顔だ、と少年はおもっていた。その逞しさ、ぎらぎらする脂を、そのように受取っていた。

　しかし、いまあらためてその顔をみた少年は、

「生きている人間の顔なのだ」

とおもった。友人も医師も、同じ平面の上に立っている。そして、自分だけその平面からずり落ちかかっている。

医師は少年を引張り起し、ベッドの端に腰掛けさせた。エモン掛のように、肩の骨から病衣をぶら下げた少年の軀が、均衡を失いかけて、あやうく揺れた。

「さあ、立上る」

　医師が命令した。

　少年は、大きくまるく突出した膝の骨を眺めた。その部分だけが、強調されて眼に映

ってくる。残りの部分は、真直な骨である。立上ろうとしても、力を籠める部分が失われているようにおもえた。

「以前は、どういう具合にして、立上っていたのか」

と考えてみたが、思い出せない。いちいち考えてから立上っていたのではないことを、ようやく思い出した。

医師が近寄って、少年の軀を持上げた。脚がだらりと垂直に下った。床の上に、その軀を置いた。少年の胴が、垂直に下った脚の上に、そのまま載った。

「エンピツのようだ」

少年はおもった。机の上に、エンピツを垂直に立ててみることがある。机に向うと、本を拡げるよりも、エンピツを立てたり、削ったりする時間の方が多い。少年は、運動の選手をしていた。腕力も強かった。しかし、それも遥か以前のことのような気がした。

「立った」

医師が言った。

「さあ、歩いてみなさい」

少年は、腹の中で反駁《はんばく》の言葉をつぶやいた。

「立ったのではない、置かれたのだ。歩けるわけがない」

それでも、一歩、踏み出そうとした。たちまち重心を失って、ベッドの上に仰向《あおむ》けに倒れた。

「まだ、無理かな」

医師は呟いて、部屋から出て行った。

「前は、高く跳べたのに。とても、高く跳べた」

友人が、慰める調子で言った。

水平に懸け渡された細い横木に向って走ってゆく自分の姿勢を、少年は思い出した。走ってゆく、速く勢よく走ってゆく。風が、軀の両脇で鳴る。強く地面を、片方の蹠《あしうら》で蹴る。ふわりと軀が持上り、横木の上を越えてゆく。

「嘘のように、思えるな」

少年が言った。

「自分でないみたいか」

と、友人が、訊ねた。

「自分でないみたいだ」

「君の家の犬が、君をみたら吠えるかもしれないな。しかし、君はやはり君なんだ。元気を出さなくてはいけない」

慰める調子だったが、なにか別のものが混ったようにおもえた。友人は、言葉をつづけた。
「昔おばあさんがあったとさ。と、いう童謡がある。そのおばあさんは、市場に卵を売りに出かけた。途中、道ばたでぐっすり眠りこんでしまった。丁度、物売りが通りかかって、いたずらをした。おばあさんの服をちょん切って、膝小僧のところまで短かくしてしまった。冬の日だ。脚がむき出しになって、寒い」
そこまで話すと、友人はそのあとの文句を、奇妙に間のびしたフシをつけて口ずさみ出した。
「やがておばあさんは目をさまし、
ぶるぶるからだをふるわせて、
さもふしぎそうにこう言った。
まあ、まあ、この身はわたしじゃない。
もしまあ、この身がわたしなら、
家の小犬が知っている、
わたしと知れば尾を振って、
わたしでなければ吠えるだろ。

そこでひとまず家へ行く、
もうとっぷりと日も暮れた、
小犬はわんわん吠え立てる。
ああ、ああ、この身はわたしじゃない」
そのフシの付いた文句を聞きながら、少年はおもった。この友人は、自分を憎んでいたのかな、とおもった。それにしても、なぜ憎んでいたのだろう。自分の健康な肉体を憎んでいたのだろうか、と少年はおもった。
そして、以前、その友人の上に馬乗りになり、ねじ伏せた顔を地面にこすりつけたことのあったのを、思い出した。

少年は、ようやく一人で歩けるようになった。

骨のまわりの肉は、すこしも増えない。ゆっくりと、すこしずつ、いまにも倒れそうな危うさで歩いてゆく。均衡が崩れかかると、少年は立止り、だらりと下げた両腕の手の甲をぐうっと上に反らせる。そうやって、均衡を取戻そうとする。

綱渡りをしてゆく曲芸師に、その姿勢は似ていた。

みどり色のガウンを、少年は着ていた。長さは踝《くるぶし》ちかくまであった。きっかり前を合せると、細い棒のようになった躯の形が露わになりすぎる。前をゆるやかに合せているので、少年の恰好は、だぶだぶのみどり色のマントを羽織っているようにみえた。

その日、少年は病院の庭を散歩していた。いや、散歩という気楽さは、すくない。冒険旅行といった方がよいくらいだ。歩くこと自体が、冒険なのである。

灰白色の、窓のない建物の角を曲ると、そこは人目の届かない場所になる。がらんとしたコンクリート地面に、薄ら陽が水たまりのように漂っているだけだ。

少年は立止った。あたりを見まわした。勢よく首をまわすと、躯が平衡を失いそうなので、そろりそろりと首を左右にまわす。そして、人影のないのを見定めた。

みどり色のガウンのポケットに、手を入れた。尖って飛び出した腰骨に、指が当った。ポケットの中から、キャラメルの箱を抜き出した。蓋を開け、キャラメルの粒を取出そうとして、少年はわざと顔を大きく崩し、笑い顔を作った。

少年は、酒でも飲んでみせたい年齢である。それが、人目を避けて、キャラメルの粒をつまみ出そうとしている。そういう自分が面映《おもはゆ》い。いや、ベッドに寝そべってキャラメルを頬張るのは、恥ずかしいことではない。危うい足取りで歩いていた自分が、立止って、みどり色のガウンのポケットからキャラメルの箱を取出した、そのことが子供染みて面映いのだ。さりとて、少年の生理はいまキャラメルを欲求している。そこで、少年は自嘲の笑いを洩らした。誰も見ていないとおもうので、ひどく誇張した笑いを作ってみた。

キャラメルの粒は、箱の底の方にすこし残っているだけだった。少年は、指先を深く箱の中にもぐり込ませ、箱の底を探った。指先を鉤《かぎ》型に曲げ、その指先にキャラメルの粒をひっかけ上げようとする。その指先の動きが、少年の全身に伝わってゆき、軀がぐらりと傾く。

「おっと」

口に出してそう言い、少年は手の甲をぐうっと上に反らし、均衡を取戻そうとした。その動作は、平素のときよりもずっと誇張されたものだった。ピエロの恰好をして、わざわざ危うい足取りで綱を渡ってみせる芸人の姿が、少年の脳裏に浮び上った。

少年の軀は、いったん、捩《ねじ》れたようになり、元の位置に戻った。軀が捩れたとき、視界の端に人影を見たようにおもった。

首をまわした少年の眼に、少女の姿が映った。少女は、灰白色の建物の傍に立って、少年の方をみていた。少年と眼が合ったとき、少女の顔に戸惑った、怯えに似た色が走った。

「あ」

少年は、おもわず声を出した。

全部見られたな、とおもった。少女には見覚えがある。見覚えがある、という言い方では足りない。時折、ぎごちなく言葉を交したこともあった。

「お見舞にきたの」

このときは一層ぎごちなく、少女は言った。そして、少年の友人の名を告げ、見舞に行くようにすすめられた、と言った。

「でも、そんなにお悪いとは、おもわなかったの」

少女は眼を伏せ、弁解するように言った。

「悪い……。でも、あいつが来たときは、まだ歩けなかったのですよ」

あいつ、とは、友人のことである。

「あいつ、そう言わなかった」

「ええ」

少女は、それだけ言って、口を噤《つぐ》んだ。少年は、あらためて友人の悪意を感じた。憎んでいたのか、とおもった。この少女を愛していたのか、とおもった。そして、いままではこの少女はたしかに自分に好意を持っていた。そう、いままでは。

少女は、居たたまれない素振りで、

「また、来ますわ」

と言い残し、灰白色の建物の陰に消えた。後を追おうとしても、少年は走ることができない。ゆっくりとベッドまで辿りつき、蒲団の中に潜った。蒲団を頭からかぶった。

そして、暗い中で呟いた。

「ああ、この身はわたしじゃない」

先日の友人の奇妙に間のびしたフシを思い出して、もう一度、言い直してみた。

「ああ、ああ、この身はわたしじゃない」


少年の回復が遅いことに、医師は苛立った。

「もう、肥りはじめていいんだが」

骨だけの少年を、咎《とが》める眼で医師は見た。そして、病院を出て、家庭に帰ることをすすめた。

「そうすれば、気分が変って、肥りはじめるだろう」

少年は家庭に帰った。たしかに、気分が変ることが必要だ、と少年はおもった。しかし、家庭に帰ったことによって、少年の気分は変らなかった。

相変らず、少年は骸骨のような姿だったが、しかし、いまではかなり自在に歩きまわれるようになった。そういう少年を、周囲はむしろ無気味なものをみる眼で眺めた。

「転地の必要がある」

周囲の人々が、結論を出した。そして、少年は、生れた土地に運ばれた。そこに、親戚の家が在った。

遠い距離を、少年は運ばれて行った。

医師も、友人も、少女も、その姿が少年の脳裏でしだいに小さくなり、豆粒ほどになった。彼らの姿が、少年の脳裏から消えることは決して無かった。しかし、彼らの視野の届かぬ場所に来たことが、少年を安堵させた。

厚い漆喰《しっくい》壁の土蔵が、庭の隅に建っていた。その二階の部屋が、少年に与えられた。押込められたわけではない、それは少年の希望によるものだ。

その土蔵の陰から、不意にあの少女が立現れてくることは、決して無い。そうおもうと、少年は安堵した。土蔵の傍に、小さい山椒《さんしょう》の木が植えられてある。その葉をむしり取って、口に含んだ。少年の舌の上に、甘にがい味がひろがった。

翌日から、少年は肥りはじめた。むくむく肥る、という平凡な形容がそのまま当て嵌《はま》る具合に、肥りはじめた。

土蔵の中には、古風な台秤《だいばかり》があった。その上に載ると、鉄の量感と冷たさが蹠にこたえた。鉄や真鍮《しんちゅう》のオモリを台皿に載せ、背をかがめて槓杆《こうかん》の細かい目盛をのぞき込む。槓杆がこまかく揺れながら水平になったときに、オモリと体重とが釣合ったのである。そして、そのままにしておいた秤の上に、少年が翌日軀を載せると、勢よく槓杆が跳ね上るのだ。

薄暗い土蔵の中で、黴《かび》くさい湿ったにおいを嗅ぎながら、頑丈な鉄製の秤の上にうずくまる。それが、少年の毎日の愉しみとなった。

そして、元通りの体重になるのに、わずか十日間しかかからなかった。

その日、少年は街に出た。

散歩に出た。散歩という足取りにふさわしく、自由に足を運ぶことができた。

晴れた日だった。異様なものを見る眼で、少年を見る人間は一人もいなかった。その筈である。少年は元通りの姿になっていたのだから。

公園に、歩み込んだ。みどり色の芝生が、大きくひろがっていた。芝生の間の路は、すこし埃っぽかった。その路を歩いてゆくと、道傍に体重計が置いてあった。

靴のまま、台の上に載り、体重計の右肩のところに開いている細い孔《あな》に硬貨をすべり込ませる。

時計の文字盤のような目盛が、直立している少年の顔と向い合っている。硬貨のすべり落ちる音がして、目盛板の針がぐうっと回った。

少年の眼の前で、針はこまかく左右に振れ、やがて静止した。少年の体重を示す数字の上で静止した。

「これが、自分の目方だ」

少年は、眼の前の体重計に現れている目方を、そのまま両腕の中に抱き取りたい、とおもった。大切な、毀《こわ》れ易いものを抱き取るように、自分の元通りになった目方をそっと腕でかかえたい、とおもったのだ。

「これで、生きている人間たちの世界に戻ることができた」

少年は、周囲を見まわした。公園に散在している人影と少年とは、同じ平面の上に在った。そして、医師も友人も、そして少女も、少年と同じ平面で動いている筈だ。

少年は、あの少女を体重計の上に載せることを夢想した。少女のやわらかい軀が台の上に載り、目盛板の針が回って静止する。その針が示した目方を、やさしく自分の腕に抱き取ることを夢想した。

「その目方も、自分のものだ」

少年はそう考えようとした。しかし、少女の目方は、少年の腕の中に移ってこない。よそよそしい顔つきで、体重計の目盛板の上にとどまって動かなかった。

翌日、土蔵の中にある台秤に載った少年は、また自分の体重が増えているのを知った。その次の日も、また体重は増えていた。

少年の軀は、むくむく肥りつづけているのだ。腕や脚や胴の周囲が、毎日太くなってゆくのが、眼で見ただけで分る。じっと見詰めていると、その部分がじわじわと太くなってゆくのが見えるような気持さえした。

どこまで肥るのか、少年は自分で無気味になった。

肥りはじめてから二十日目、つまり少年が土蔵に入ってから二十日目に、少年の体重は二倍になった。そして、その日で肥るのが止った。

親戚の人が、大きくふくれ上った少年の軀をみて、笑いながら言った。

「まるで手品をみているようだね。骨と皮だけの人間を土蔵に入れて蓋をする。二十日経って、ハイッと掛け声もろとも蓋を開ける。中から、二倍にふくらんだ人間が出てくる。ようくおあらためください、種もシカケもない、別の人物ではありませんよ」

その笑いは、素朴な笑いだった。少年の目ざましい回復ぶりに驚嘆している顔つきでもあった。

「別の人物ではありませんよ」

その言葉が、少年の気に入った。たしかに、別の人物である筈はない。骨だけになっても、二倍に肥っても、自分は自分だ。自分の軀を重たく感じ、歩くと腿《もも》と腿との肉がぶつかり合うのを覚えるが、やはりこれは自分にちがいない。

しかし、体重計に載ったとき、自分の目方を両腕に抱き取りたいとおもった心持は、いまは無くなってしまった。

「それに、これは回復と言えるのだろうか」

蒲団の上に横たわり、あちこちの筋肉を動かして、少年は二十日前の自分を思い出そうと試みた。筋肉を動かす度に、重い軀が蒲団の中に、めり込んでゆくような気がする。

少年は、一つの異常な状態から、べつの異常な状態に移行しただけのような気持になった。


それからまた二十日ほど経って、少年はこの土地を離れた。もとの場所、自分の家に戻ってきた。

少年の軀は、発熱する以前の形に戻っていた。二倍に肥った軀からは、しだいに肉が取れて、元通りの形になったのである。

久しぶりに、学校へ行った。あの友人は、少年の姿をたしかめるように眺め、

「すっかり良くなったね。今だから言えるけれど、見舞に行ったときはびっくりしたよ。とても、君とは思えなかった」

「うん」

少年は、短かく答えた。

校庭の砂場の前には、少年たちが集って、高く跳ぶ競争をしていた。少年は、その方角へ歩いて行った。

少年は、ためらいがちの足取りで歩いて行ったが、不意に勢よく走り出した。砂場の前で、強く地面を踏みつけると、跳躍の姿勢になった。

しかし、水平に架け渡された横木は、少年の腰のあたりに当って、落ちた。

「前は、高く跳べたのに」

いつの間にか、友人が少年の傍に来ていて、そうささやいた。

「しかし、すぐに高く跳べるようになるよ。長い間、寝ていたのだからムリないさ」

そうかもしれない、そう考えるのが当然だ、と少年はおもった。病気で、痩せ、異常に肥り、そしてようやく元に戻った。その間、使わなかった筋肉が衰弱した。ただ、それだけのことだ。

「しかし」

と、少年は心の底で考えていた。

「もう、高く跳ぶことはできないだろう」

そして、自分の内部から欠落していったもの、そして新たに付け加わってまだはっきり形の分らぬもの、そういうものがあるのを、少年は感じていた。

子供の領分

ある夏の終りの夕方、A少年は路地の入口の土の上にB少年がうずくまって、茶色い犬の耳を引張っているのを見た。AとBは同級生で、小学五年生である。Bは二本の指で三角形にとがった耳の先をつまみ、すこしずつ引張る。それにつれて、犬の口の端が耳の方に釣上げられるようにすこしずつ開いてゆき、黄いろい歯が剝き出されてくる。老いた大きな犬で、寝そべった姿勢を崩そうとはしないが、かすかな唸《うな》り声が開いた歯の隙間から洩れてくる。

Bは耳を引張りつづける。唸り声はしだいに大きくなり、犬は吠え声と一しょにBの指に喰いつこうとする素振りになった。大きく開いた口の中の薄桃色が、一瞬あらわになった。

素早く、Bは指を引込めた。犬はうるさいものを払い除《の》けるように二、三度首を振り、やがて顎を地面につけた元の姿勢に戻った。Bの顔に嬉しくてたまらぬ表情が浮び、また指を犬の耳に向って伸ばしてゆく。

「喰いつかれるぞ」

Bは顔を上げて、Aを見た。肥ったまるい顔に温和な笑いが浮び、

「本気じゃないのは分ってるもの。それに、ぼくが犬好きだということを、こいつはよく知っているよ」

「そうだ」

Aは不意に思い付いて、声をあげた。

「今度の日曜に、一しょに犬屋に遊びに行かないか」

「犬屋って」

「そうさ、いろんな犬がいっぱいいるんだ。広い地面が、犬だらけなんだ」

「一しょに行こう」

Bは咄嗟にそう言った。

「ぼくも、一人じゃどうかとおもってたんだ。知り合いの家で、前から誘われていたんだけど、電車で一時間近くかかるところなんだ。いま、うちの柴犬が仔どもを産みに、

そこへ行ってる。チャンピオンの雄が、そこにいるんだそうだ……」

　Aが機嫌よく喋っているあいだに、Bの表情が暗くなった。そして、曖昧な調子でBが言った。

「そうだ。忘れていた。今度の日曜は用事があるんだ。Aちゃん、君ひとりで行ってくれ」

「なんだ、つまらない。一人じゃ仕方がないよ。それじゃ、この次の日曜にしよう」

「そうか、済まないね。あ、それから、角力《すもう》のブロマイド、まだ借りたままだけど……」

　大型の名刺ほどの大きさの印画紙に、化粧まわしをした角力取の立姿が焼き付けられてある。子供たちは、それをメンコ遊びに使っていた。

「いいよ。あれは、いつでもいいよ」

と、Aは答えた。

　もう一度Bは茶色の犬の耳を引張り、路地の中に姿を消した。坂の上にあるその路地の奥に、Bの家はある。この界隈は、混み入った町である。坂の下から坂の両側にかけては、住宅が立並んでいる。坂上の道の両側しばらくは、商店が並んでいる。道に面したガラス戸のすぐ傍にミシンを置いた足袋屋では、若い職人がいつもミシンを動かして、白い足袋を縫っていた。

商店の軒並はすぐに尽きて、長い石塀になる。大きな邸宅の屋根が、その塀の内側にみえる。坂の上の一帯は、屋敷町である。

商店街と屋敷町との境目に、路地がある。その路地の中は、貧民窟といってよい場所なのだ。

Bの家は、その路地の奥にある。

そして、Aの家は、坂の中途にある。

Bの家は棟割《むねわり》長屋の一軒である。崩れ落ちそうになった壁に、女優の水着写真がぺたぺた貼り付けてあった。古い映画雑誌のグラビアから、切取ったものらしかった。

「兄貴がやったのさ」

と、Bは言う。その兄という人が何をしているのか不明だったし、その姿を見たこともなかった。

Bは肥って体格が良い。むくむく肥っているといった感じで、軀つきに愛嬌があった。顔はまるく、頬は盛り上って両側から鼻梁に迫り、小さな眼がいつも笑っていた。

AはBと別れて、坂の中途に在る自分の家へ向った。

次の週が来るのを待ち兼ねて、AはBにたずねた。

「今度の日曜は、大丈夫だね」

「うん、それがね……」

Bは生返事をした。

「それが、といったって、この前ちゃんと約束したじゃないか」

「うん。あと、二、三日たてば、はっきりするんだけど……」

Aが気色《けしき》ばむと、Bは曖昧な調子で答えた。

家へ帰って、Aが祖母にBの煮え切らぬ態度を訴えた。祖母はしばらく考えていたが、

「それはおまえ、Bさんは電車賃が無いのじゃないかしら」

「まさか」

反射的にそう答え、一層強く言った。

「だって、そんな……」

それは、祖母の言葉に反対したというよりは、Aが祖母の言葉に不意を打たれたためである。

「あたしは、そうおもうね。ためしに、電車賃のことは心配しなくていい、といって誘ってごらん」

祖母がそう言ったときには、Aはその言葉を正しいとおもっていた。Bが貧乏なことは、十分承知していた。だからこそ、Bを喜ばせようとおもって、誘ったのだ。

一度だけ、Bの家でおやつを出してくれたことがある。顔色のわるい小柄なBの母が、ふかしたサツマイモを持って台所から出てきた。縁の欠けた小さな皿の上に人差指くらいの太さの芋が、五本ほど載っていた。細い屑芋には、あちこちひょろひょろと長い毛が生えていた。

「こんなもの、おいしくないでしょうね」

Bの母親が、ちょっと憤ったような口調でそう言う前に、Aは狼狽に似た気持になっていた。Bの家にとって、その屑芋が貴重なものであることが分ったからだ。

Aはいそいでその芋をつまみ上げ、口の中に押込んだ。

犬屋へ遊びにゆくことは、Bにとっても愉しいことにちがいない、とAは考えていた。犬屋へ行けば、歓待してもらえる筈だ。それに、遊園地へ行くのと違って、入場料も遊戯券を買う金も不要なのだ。そうおもって、勢こんでBを誘ったのだが、その場所へ行き着くための電車賃のことには、考え及ばなかった。

BはAのほとんど唯一の友だちである。そのBの生きている世界について、自分はあまり知らないのではないか、という考えに襲われ、Aはひるんだ気持になった。

「やっぱり、今度の日曜に行こうよ。電車賃の心配はいらないよ」

翌日、AはBに言った。もっと婉曲《えんきょく》な言い方を考えてみたが、結局、Aはそう言った。

Bの曖昧な表情は、変らない。

「ね、そうしようよ。一しょに行こうよ」

重ねてAが言うと、Bは曖昧にうなずいた。


郊外電車に乗り換えて、三十分ほど走ると、沿線の風景は田と畠と森になった。小さい駅で降り、田舎道を訊ね訊ね十五分ほど歩くと、木の柵や金網で囲まれた一劃《いっかく》があった。それが、目的の犬屋で、近づくにつれて獣のにおいが強くなった。

応接間風の部屋に通され、彼らはしばらくの間、二人だけにされた。歓待の気配はまだ彼らのまわりにはなくて、Aは苛立った。ようやく戸が開いて、女中が盆を持って入ってきたとき、Aはおもわず首を伸ばして彼女の手もとに視線をそそいだ。盆には、塩センベイと白い飴《あめ》が盛られてあった。

女中が姿を消すと、Aはいそいで飴を一つつまみ、口に入れた。

「あまい。君、あまいぞ」

Bも手をのばして、飴を口に入れて言った。

「うん、あまいや」

しかし、その言葉の調子には、わざとらしいところがあった。愉しい様子をすることが自分の今日の役目だ、とBは自分に言い聞かせている。そんな気配をAは感じ取り、一層焦る気持が濃くなった。

「はやく犬のいるところへ連れて行ってくれないかなあ」

AはBに気兼ねするように、そう言った。

「うん、きっとおもしろいぞ」

BもAに気兼ねするように言った。

ようやくその家の夫人が現れた。Aは一、二度会ったことがあるだけで、親しい間柄ではない。

「まあまあ、遠いところを、よくいらっしゃいましたわね」

「ぼくの友だちのB君です」

「それは、まあよくいらっしゃいました」

夫人はBにも、丁重に挨拶した。Aは、安堵した。夫人は、Aの両親について儀礼的な質問をすると、

「それでは、いま、係のものに案内させますから、ちょっと待ってくださいね」

夫人が姿を消し、またしばらくの間、彼らは二人だけにされた。

「君、この飴、すこし持って行こうや」

Aは白い飴を片手で摑み、ポケットに入れた。悪戯《いたずら》っぽい表情でそう言ったが、それには遠足気分を無理してふるい立たせている気配が伴った。

「うん、そうしよう」

Bも、あたりを見廻す素振りをして、ポケットの中に白い飴を摑みこんだ。

やがて、作業服の青年が戸を開くと、

「それじゃ、ご案内しましょう」

と、事務的な口調で言った。

戸外へ出ると、黒茶いろの犬が威勢よく走りよって、Aの胸もとに飛び付くと、長く舌を出して彼の顔を舐《な》めた。甘える唸り声を絶え間なく出し、ときおり、明るい吠声を混えて、Aにじゃれついた。

「やあ、チイだ」

Bが少年らしい明るい声をあげた。チイとは、「千早号」というその犬の愛称である。犬はその声で、Bの方に首を向けたが、すぐにAに顔を向け鼻づらを彼の洋服に押当てて、尻尾をはげしく振りつづけた。

「おい、チイ、B君だぞ」

Aは犬の顔の両側を掌で挟んで、Bの方へ向ける。その声に、犬は尻尾を振るのをやめてBの顔を眺め、あらためて勢よく尻尾を振った。しかし、すぐにAの方に向き直ると、軀全体でAにまつわりついてくる。

「それでは、犬を戻しますよ」

と作業服の青年が言い、千早号を柵の中に入れた。

広い地面は、柵や檻でいくつにも劃《くぎ》られて、その中にさまざまな種類の犬が入っていた。柵や檻で占められた残りの地面が、おのずから通路になっており、彼らを案内して歩く青年はしばしば立止って、檻の中の犬について説明を加えた。

「あれが、千早号の旦那さんですよ」

檻の中で、柴犬とはおもえぬほどの大柄の犬が、逞しい四肢を踏んばって、彼らの方に顔を向けていた。眉間に縦に三本深い皺があって、その毛の色が濃く、黒い三本の溝にみえた。そのため、AとBを睨み付けているような顔つきになっていた。檻の金網に、「仁王号」という札が掲げてあった。

一わたり案内すると、

「それでは、あとは勝手に見物してください。倦《あ》きたら、もとの部屋に戻ってくださいな」

と青年が言い、姿を消した。

犬たちは全部柵の中に入れられており、通路は閑散としていた。二人の少年だけが、やや手もちぶさたに、歩いていた。そのとき、一匹の黒い犬が、身をかがめるようにして向うから歩いてきた。

Aは口笛を吹き、掌を上に向けて、手まねきした。千早号に軀をすりよせられ纏《まと》い付かれたあとなので、Aのその態度には自信と余裕が滲《にじ》み出ていた。

しかし、その黒い犬はAの方を見向きもせずに、同じ足取りで二人の少年の傍を通り過ぎて行った。

Aは団扇《うちわ》を使うように上下に揺すぶっていた掌の動作を途中でやめ、そのままの姿勢で地面の上につくりつけたような形になった。乾いた堅い地面を踏む犬の蹠《あしうら》の規則正しい音が、異様に鋭くAの耳のなかで鳴った。

その音が不意に、聞えなくなった。電気仕掛の機械人形に、ふたたび電流が通じはじめたように、Aは首だけうしろに深くまわした。すると、立止っていた黒い犬も首だけまわしており、視線が合った。

その瞬間、黒い犬は勢よく走り出した。晩夏の日射しに照りつけられて白く乾いた地面から、埃がくっきりと立昇った。黒い犬は、Aを目標にしているように、真一文字に走ってきた。首を深くまわした姿勢のまま、Aは走ってくる犬を眺めた。黒い犬は軀ごとAのふくらはぎに突当り、剝き出した歯をAの脚の肉に当てた。そして、そのまま、Aの傍を軀をこすりつけるようにして走り抜け、みるみるその姿は小さくなり、曲り角で消えた。獣のにおいが、強くAの鼻を撲《う》った。

嚙みついた、というのとは少し違う、とAがおもったとき、Bの声が聞えた。

「や、嚙みついた」

Bは一瞬口を噤み、

「へんな犬だなあ」

と言い、つづいて爆発的に笑い出した。その日はじめて聞いた、少年らしい明るい愉快そうな笑い声だった。

その笑い声は長くつづき、Aはむっとした表情で黙って佇んでいた。Bはようやく自分の笑い声に気付いた様子で、不意に口を堅く閉ざした。

Aは半ズボンの下の黒い長靴下をずりおろし、犬の歯の当った部分を調べた。赤く歯型が付いていたが、皮膚は破れていなかった。

Aは必要以上に長い時間、その赤い歯型の上を指で撫でていた。すると、Bのいささか慌て気味の声が聞えた。

「狂犬じゃないだろうね」

Aの身の上を心配して慌てているというよりは、自分の取った態度に慌てている。だから、その言葉は、いくらかわざとらしく聞えた。

「噛まれたわけじゃないから、狂犬だとしても心配はないさ」

Aは不機嫌そうにそう言い、

「もう帰ろう」

とBを促した。

Aの不機嫌はしばらく続き、郊外電車の駅で切符を二枚買ったとき、その一枚を、ぎょうぎょうしくBに差し出した。

「ほら、君の切符」

そう言って間もなく、今度はAが自分の態度に慌て出した。Bの機嫌を取る言葉をいくつかAは口に出し、やがて二人とも疲労して、すっかり無口になり、電車に揺られて坂の上下の彼らの家に向った。

坂の途中にあるAの家は、高い石崖の下にあった。崖の上も、住宅地である。庭に立って崖の上を見上げると、瓦屋根の家と洋風の歯科医院と、空地にある材木置場が眼に映ってくる。

その歯科医は下手という評判で、患者は少なく、しばしば窓から首を出して戸外の景色を眺めている医者の顔が見られた。青くむくんだ顔で、鼻下に四角く髭《ひげ》をはやしたその医者と、庭に立っているAと視線が合ったとき、

「坊ちゃん、いいものをあげようか」

と彼が言い、使い古しの注射器を窓から投げてよこした。

その注射器は水鉄砲のかわりになったが、やはりAの遊び場は、塀の上や屋根の上だ。学校から帰ると、ランドセルを家の中に投げこんで、隣家との境をつくっている木の塀によじ登ってしまう。

塀の上は、足裏の幅よりも狭い。その上に立ってあやうい均衡を保ちながら歩いてゆく。落ちないための配慮で一ぱいになって、他のことはなにも心に浮んでこない。それが、Aにとって快い。

地面の上でのAの友だちもほとんどBだけだが、塀の上屋根の上の友だちはB唯《ただ》一人である。犬屋へ行った翌日も、AとBとは塀の上で遊んでいた。

地面から離れた場所では、Bは勇者である。高い石崖を這い登り、さらにその上に立

っている蔦《つた》で覆われた塀を登り、塀から歯科医院の屋根に移る冒険を成功させたのは、Bだけである。その離れ業《わざ》はAにはできず、そういうBの姿を感嘆の眼で追いつづけた。その感嘆には、混り気はなかった。一方、苔《こけ》の生えた滑りやすい石崖に平たく貼り付き、手の先と足の先で崖の割れ目を探りながら、少しずつ登ってゆくBの心にも、Aにたいする配慮はなかった。いくら鮮かな離れ業を見せても、そのことでAに気兼ねすることは必要なかった。

地面から離れた場所では、Bが主人でAは従者だった。そして、そのことによって、二人の少年の人間関係は、丁度具合良く保たれていた。といって、BはAに威張るわけではない。地面の上と同じ温和な表情で、ときおり足を踏みはずしそうになるAに、気を配っているのだ。

やがて冬になった。

ある日、積雪があった。

AとBは、雪だるまをつくった。二人とも、手袋を嵌《は》めて、雪の球をころがしていた。その様子を、Aの祖母が窓から首を出して眺めていた。その祖母に気づくと、Bは手袋を嵌めた手を差し示して、笑顔をつくった。

祖母がAをさし招いた。そして、小声で言った。

「あの子は、可愛いところのある子だね。去年あげた手袋を、今年もちゃんとはめているよ」

そこで、Aははじめてあの仕種の意味が分った。前の年の冬、やはり雪の積った日、AとBとは雪だるまを作っていた。Aは手袋を嵌めていたが、Bの素手は赤く腫れて、霜焼けていた。祖母がそれをみて、Bに手袋を贈った。新しい手袋ではなく、Aの嵌めている手袋をBに渡し、Aには新しい手袋を与えてくれたのである。

そして、一年経った積雪の日、窓から覗いていた祖母を喜ばしたBの仕種は、

「貰った手袋は大切に取っておいて、今年もはめていますよ」

というものだった。

あらためて、AはBの笑顔を眺めた。「Bが喜んでいてくれる」というよろこばしさと、「Bに恩恵を施した」という気持とが、Aの心の中で混り合って動いた。しかし、そのとき心で動いたものは、その二つの感情だけではないようにAにはおもえた。それが何か、たしかめようと考えながらBの笑顔に相変らず眼を向けていると、Bの顔が笑顔のままかすかに強張ったようにおもえた。

その瞬間、Bが言った。

「Aちゃん、屋根に登ろうよ。雪の積った屋根って、きっと面白いぜ」

その言葉に、むしろ救われた気持になり、Aはいそいで屋根に登った。

雪は降りやんで薄陽が射しており、平屋建の家屋の屋根は銀いろに光る斜面になっていた。AとBは、屋根の二つの斜面が交わる稜線に跨《また》がって、あたりの雪景色を眺めまわした。

二人の少年の視線は、遠くの方からしだいに近くに移り、やがて自分たちの足もとに戻ってきた。

「いいスロープができているなあ」

Bは銀色の斜面に眼を落して、

「ちょっと、滑ってみようか」

と言い、はやくも軀の位置を動かしはじめた。

「あぶないよ」

Aが言ったときには、すでにBは立上って、足もとにひろがっている白い勾配に眼を落していた。幾分ふざけ気味にスキーをしている姿勢を取った瞬間、腰がくだけて尻もちをつき、そのまま斜面をずるずると滑り落ちて行った。そして、腰をおとした姿勢のままその軀が軒から飛び出し、あっけなく消え失せた。

「わあ——」

Bの叫び声が空間に残り、そのまま静かになってしまった。平たく綺麗に降り積った屋根の雪の上に、Bの滑った尻の跡が、真一文字に幅広く残っている。

「おーい——」

Aは大声で呼び、おもわず立上ったが、よろめいてすぐに屋根の稜線の上に腰をおとした。しばらく、雪に覆われた風物と白い屋根のひろがりの中に、すべての音が吸い取られてしまう時間があった。

すると、屋根のすぐ傍の塀の上に、ひょっくりBの頭が浮び上ってきた。健康な色で赤く盛り上った頬の上に、笑っている細い眼があった。

「はっはっは、失敗、失敗」

機嫌よくBは言い、塀から屋根に移ってきた。

「だいじょうぶかあ」

「だいじょうぶさ。下もいっぱい雪が積っていてね、ふとん綿の上にストンと落ちたみたいなものだった」

Bの頬の赤さは、寒気のためばかりでなく、愉快な冒険をした昂奮の色のように、Aの眼に映った。Bが無事だったことに、Aは安堵し、Bの愉快さがそのまま素直にAに伝わってきた。

「はっは、びっくりしたよ。だけど、さっきの君の恰好は、なかなか傑作だったよ」

海水浴場の飛込台の上に、背筋を伸ばして立つ。周囲の眼を意識して、ゆっくりと両手を前に水平に挙げる。颯爽としたダイビング、とおもった瞬間、空間に投げ出したその男の手足がばらばらになり、尻から海面にストンと落ちる。そのような光景をAは連想し、そういうBに、Aは暖い友情を持った。

その滑稽な恰好は、Bが勇者であることを傷つけてはいない。かえって、「Bは冒険のできる男だ」ということが、反撥することなくAの心に収まるのに役立つ。

AとBとは、あらためて腹の底から笑い合い、雪の積った屋根の上で、二人の少年の人間関係はこの上なく滑らかであり、陽に照らされて銀色に輝いていた。

しかし、その日、異変は地面の上で起った。

機嫌よく、AとBは屋根から降りた。灰白色の薄い雲が切れて、しばらくの間、太陽の直射光が雪の上を照らしていたが、すでに時刻は夕方になった。太陽は光を弱め、だいだい色の陽が薄くあたりに拡がっていた。

「日が暮れてきた」

Aが言うと、

「でも、まだ暗くなるまでには時間があるよ。Aちゃん、ベエゴマをしようか」

と、Bが誘った。

路地に棲む少年たちの遊びは、ベエゴマとかメンコである。そしてBは、その種の遊戯でも、路地の王者である。Aが及ぶわけはない。塀の上屋根の上では、Bの腕前に混り気なく感嘆するAも、地面の上のこれらの遊戯でBに打ち負かされると、無性に腹立たしくなる。

「負けるから、厭だ」

とAは答える。

「それじゃ、メンコをしようか」

「地面が濡れているから、ダメだよ」

「困ったな。おすもうの写真が、いつまで経っても借りっぱなしになってしまうな」

BはAをメンコの遊戯で負かして、その借りを消そうと考えているらしい。

「あれはもういいよ」

むしろAは機嫌よく答えた。二人の少年の上機嫌は、依然として続いていた。そのとき、短かい叫び声が、AとBの口から同時に出た。

雪が消え、白く乾いたセメントの石畳がのぞいている歩道の隅に、雀《すずめ》の仔が落ちていたのだ。どうしてそんな場所にいるのか分らぬが、死体ではない。かすかに羽根を動かしているのが見える。

Aは背をかがめ、その雀の仔に手をのばした。なまあたたかい体温が指先に触れた瞬間、Aの軀は烈しく突きとばされた。

二、三歩、前にのめって踏みとどまったAが振向くと、両手の掌で雀をしゃくい上げたBが脚を踏張《ふんば》って立っていた。

「その雀、ぼくにくれよ」

Aは、それが当然の口調で言った。言い終った瞬間、いま自分の背に加えられたBの力の荒々しさを鮮かにおもい浮べた。

「厭だ」

Bは雀の仔を載せた二つの掌を胸もとに引きよせて、きっぱりと言った。

「なんだ、ぼくが先に見付けたんだぞ」

「ちがう、ぼくが先だ」

「こっちへくれよ」

「厭だ」

Bの頬は、赤く染まっていた。その赤さは、さっき屋根の上でのものとは、違った赤さである。Bの胸もとに伸ばしたAの手は、Bの片手で烈しく振払われた。BはAに背中を向けると、黙って坂の上に向って歩き出した。Aを拒否している厳しい線が、その背中に露わになっていた。

胸の前に、Bは大事に雀の仔を捧げもって歩いてゆく。

取残されたAは、坂道の途中で棒立ちになっていた。Bに烈しく振払われた手の甲は、赤く腫れていた。口惜しさが、Aの心の中で疼《うず》いた。と同時に、その赤く腫れた肉は、Bに対して償いをした跡のように、Aの眼に映ってきた。

窓の中

大学生矢村道夫の勉強部屋は、二階の奥の一室である。梯子段を昇りきると、左に長く廊下が伸び、その突当りに部屋がある。廊下を歩きながら、首を右にまわすと、庭の樹木の間から隣家が見える。

庭の尽きるところから地面が一段小高くなっていて、そこに小さな平家建の隣家がある。したがって、彼の家の二階とその平家とは、ほとんど同じ高さにある。

その隣家が、彼にとって気懸りなのだ。

廊下の途中で立止って、一度は彼は隣家を眺める。その平家は、横腹を彼の方にみせている。夏の間は窓が開いていていて、台所、六畳、六畳と左へ順に並んでいる間取りがよく分る。台所の右に、いつも締っている磨《すり》ガラスの窓は、その窓の大きさから推し量ると、湯殿であるとおもえる。

隣家の主人は、一年ほど前に死んだ。交通事故であった。二十歳くらいの娘と、小学生の息子が遺された。母親はずっと以前に死んで、娘が母親がわりに家事をしていた。娘は美しい。そのことが、矢村道夫の気に懸っている。父親が死んでからも、以前と同じように、その娘は家の中にいる。そのことも、彼の気に懸る。

夏の夜であった。矢村道夫は、夕飯のとき母親に話しかけた。

「今日は、隣の瀬川さんの一周忌ですね」

「おや、あれからもう一年経ったのかしら。それにしても、道夫さんはよく覚えているわね」

「今日は八月八日で、覚えやすい日だから」

彼はいそいで言った。弁解しているように聞える。

「三代子さんは、二十くらいになったのかしら」

「さあ、そんなものでしょう」

「綺麗な娘さんだけど、いつも淋しそうにみえるわね。気のせいかしら」

「もともと、ああいう顔立ちなんでしょう。それにしても、暮しの方は大丈夫なのかな」

そう言う道夫に、母親はちらと眼を向けて、

「あの家は借家の筈だったわ。そう裕福ではないでしょうね」

隣家とは、近所づき合いというほどのものはない。それは都会では珍しいことではない。一つには、二つの建物が背を向け合っていて、玄関が遠く離れている。瀬川家に行くには、いったん家の前の坂を昇り切って、大きく迂回しなくてはならない。

彼はちょっと躊躇《ためら》ってから、言った。

「一周忌なんだから、お線香をあげてこようかな」

「そうね……、行っていらっしゃい」

坂を昇り切って、左へ直角に曲り、しばらく歩くと、路地の入口がある。その路地の突当りが瀬川家である。隣家なのに、いまの彼の歩き方では五分くらいかかった。しばしば歩みが遅くなり、立止って引返そうかとおもう。ともかく、隣家の主人の一周忌のための訪問なのだから、つじつまは合っている、と考えながら歩いてゆく。

玄関の戸を開くと、三和土《たたき》には赤い鼻緒の下駄が一足あるだけだった。家の中には、客の気配はない。

三代子が出てきて、彼の顔をみると、「あら」と言い、訝《いぶか》しげに黙った。

彼が訪問の理由を言うと、一瞬三代子の顔に狼狽に似たものが走った。しかし、すぐ

にそれは消え、素直なおどろきの口調で、

「よく覚えていてくださったのね。では、どうぞお上りください」

三代子たち姉弟が一周忌を忘れてしまっていたための狼狽ではないか、と彼は疑った。しかし、案内された六畳間の床の間には、写真が飾られてあり、新しい花が供えてあった。もっとも、小さい花瓶に白い菊が三本だけであり、一周忌のための訪問者の気配は残っていなかった。この日を覚えていて訪れてくる親戚縁者はいないのだろうか。

写真の前に正坐して合掌し、線香に火をつけて鉢の灰に立てる。もう一度合掌して、向きを変えた彼の眼に、開いた窓を通して、自分の家が映った。二階の廊下沿いの部屋の障子が、仄白く並んでいる。

「どうも……」

曖昧に挨拶の言葉を言い、話の継穂《つぎほ》を見失ったとき、娘が言った。

「いま、お茶をいれますわ」

娘の姿が台所に消えている間、彼はある音に気付いた。その音は、襖《ふすま》越しに、隣の部屋から響いてくる。瞬間的に響いて消える低い鈍い音だが、押殺した強さがあった。その音が、二十秒から三十秒の間隔を置いて、聞えてくる。何の音か、判断が付かない。陰気な湿った音である。三代子が席に戻ったとき、彼は訊ねてみた。彼女は、恥らうよ

うな笑いをみせ、

「気がお付きになりましたのね。弟ですのよ、仕方がないのです……」

控え目な、老成した口調で、弟にたいする姉というよりも、母親をおもわせた。

「それで、弟さんが何をしているのです」

「それが……」

一瞬、言い澱《よど》んで、

「マッチのレッテルを飛ばしているのですわ」

その意味を、彼は捉えそこなった。三代子は、小さい声で説明をはじめた。町の小さな印刷所の内職なのだろうか、まだマッチ箱に貼り付ける前のレッテルを、何十種類も袋に入れて、安い値段で売っている。その長方形の小さい紙片を、卓袱台《ちゃぶだい》の端に載せる。紙片の端をわずかばかり、台の外へはみ出させ、その部分を掌で叩く。紙片は台の上を滑って、空間に飛び出し、畳の上に落ちる。

紙片の端を押した掌が、そのまま卓袱台の端に突当って、音が出る。木材と肉とのぶつかり合う、鈍い音である。

何十枚ものレッテルを、つぎつぎと飛ばし、その飛距離によって、一等二等をきめるのだ、という。

「もう、夢中ですの」

仕切りの襖に眼を当てて、三代子は言う。説明の言葉のあいだにも、その音は間を置いて続いていた。その襖を開けば、厄介な説明は不要になるのだが、彼女は開こうとはしない。

彼もまた、その襖を開く気持にはなれない。

「そういう遊びが流行しているのですか」

「さあ……、きっと自分で思い付いたのですわ。自分一人だけの遊びです」

「しかし、掌が痛くなるでしょうね」

「ええ、赤く腫れています。でも、やめないのです。このところ、毎日学校から帰ってくると、寝るまでずっとああやって遊んでいるのですわ」

「小学校でしたね、いま何年生ですか」

「五年です、成績は悪くないので、なんとか上の学校へやりたいとおもっているのですが……」

少年の聡明な、しかし偏執的なところのある熱っぽい眼を、矢村道夫は想像した。

「それにしても、単調なことの繰返しでしょう。よく倦きないな」

「わたしもそうおもうのだけど。なにかに取憑かれたみたいですわ。何回も繰返しているうちに、しぜんと強いレッテルと弱いレッテルとに別れてきて、それが面白い、とか言ってはいますけど……」

彼女はそう言うと、ふっと困ったような微笑を浮べ、

「伊勢屋酒店、というレッテルが、いま一番強いんだそうです。もっとスマートな喫茶店かなにかのレッテルを一等にしたいんだけど、と言っていますわ」

「ほう、それはきっと、墨文字だけの無愛想なレッテルなのでしょうね」

と、彼は襖に眼を向けた。しかし、やはり立上ってその襖を開くことはせず、玄関に向った。

下駄箱の上に、小さな鉢植のシャボテンが一つだけ載っていた。

「そのシャボテンも、弟が買ってきたのですよ。シャボテンて、ずいぶん沢山種類があるようですわね。でも、高くて、とてもお小遣では蒐《あつ》められないそうです。一つだけでお仕舞いになりました。大人になったら、お金儲けして、シャボテンをいっぱい蒐めるのだそうですわ」

もう一度、三代子は困ったような笑いを浮べた。

「熱中できるものがあるのは、悪いことじゃないが」

と、彼も分別くさい口調になり、

「しかし、家の中に閉じこもっているのは、よくありませんね。なにか、家の外で走りまわったりすることに興味がもてるといいんだが」

「ほんとに」

と、三代子は言ってから、最初と同じ素直な感謝の口調で言った。

「今日は、ほんとに有難うございました。よく覚えていてくださいましたわ」

「いや……」

と彼は軽く返事したが、なにかうしろめたい心持があった。家へ戻り、勉強部屋に入るために二階の廊下を歩いていて、途中で足を止めた。

瀬川家の方を見る。左端の部屋の窓だけ開いていて、黄色い電燈の光に照らされた少年の姿がみえる。卓袱台の上にかがみ込むようにして、右腕を間歇《かんけつ》的に動かしている。はっきり見えるわけではなく、もちろん聞えるわけでもないが、少年の口が絶えず動いて、ぶつぶつ独り言を呟きつづけているようにおもえた。

翌日も、翌々日も、彼が廊下に立止って隣家を眺めるたびに、いつも窓の中に少年の背をかがめた姿が見られた。その姿が気に懸って仕方がない。あの少年を部屋の外へ釣《つり》出《だ》す方法はないものか、とおもう。

三日目の夕方、彼は玩具店で買物をした。模型飛行機の材料である。といっても最も簡単な、割箸のような胴体で、ゴム紐を動力にして飛ぶ飛行機である。翼の輪郭をつくる細い竹ヒゴ、竹の端と端とをつなぎ合すためのアルミ管、車輪の脚になる鋼鉄線、それに「模型飛行機の作り方」という薄いパンフレット。

それは、少年のための買物で、彼自身のためのものではない。しかし、紙包を持って隣家への路地に足を踏み入れたとき、ふとその紙包を訪問のための口実のように感じた。

玄関に出てきた三代子は、彼を見ると、いそいで言った。

「いま、お部屋が散らかっていますの」

「いや、ここでいいんです。用件は簡単なのですから」

と、彼は狼狽したように言って、紙包を差し出した。

「近所に、手ごろな空地があります」

と説明する彼の心には、たしかに、輪を描いてゆっくりと飛ぶ飛行機と、その背景の光を含んだ空と、見上げる少年の顔があった。その翌日の夜、廊下から隣家の様子をうかがってみると、相変らず背をかがめた少年の姿が見えた。しかし、マッチのレッテルを飛ばす遊びに熱中している姿でないことは、すぐに分った。

卓袱台の上に、一本の蠟燭《ろうそく》が立っていて、焰が揺れていた。それは、模型飛行機を作るためのものだ。彼は少年の日を思い出してみた。竹ヒゴを曲げるために、焰であぶる。

竹の細い棒が煤《すす》で黒くなり、滲み出てくるあぶらのために竹の皮の表面がてらてら光り、やがて汗をかいたように、小さな粒が並ぶ。

「かえって陰気なことをすすめてしまったわけか」

彼はそう呟き、「しかし、出来上ってしまえば、いいわけだ。それまでの辛抱だ」と、心の中で付け加えた。

しかし、飛行機はなかなか完成しないようだった。毎夜、背をかがめている少年の姿が、部屋の中に見えた。無器用なのか、あるいはゆっくり作ることを愉しんでいるのか。

十日くらい経ったようにおもえたが、まだ同じ姿勢の少年が、部屋の中に望見できる。

日曜日の午前、まだ寝床の中にいる矢村道夫を、母親が起しにきた。

「瀬川さんの娘さんが、訪ねてきているのよ。上るようにすすめたんだけど、ここでいいと言って……。なんだか道夫さんに用事があるらしいわ」

いそいで洋服を着て、玄関へ出た。三代子は、玄関の外で手持無沙汰に空を眺めていた。

「やっと出来ましたの。弟の飛行機が」

「出来ましたか、じつは心配していたのですよ。すこし計算違いがあったようで、かえって部屋に閉じこめてしまった形になったようにおもえて」

「出来上るまでが、長すぎましたものね。でも、おかげでいま弟は大喜びですわ。そこの空地で待っています。よろしかったら、飛ばすところを、ご一緒に見ていただきたくて」

「いいですとも。さあ、出かけましょう」

彼はすぐに下駄をつっかけた。

近所の空地に、少年は一人佇んでいた。頭の大きい痩せた軀が目立った。放心して、空に眼を放っているような恰好で、だらりと下げた片腕の先に模型飛行機が引っかかっているようにみえた。

「矢村さんのおにいさんよ、お礼を言いなさい」

「ありがとう」

案外、活潑にそう言うと、少年は飛行機を持上げてみせた。翼に張った和紙の白さが、少年の胸の前で際立った。その翼の上に、少年の二つの眼がある。少年を近くで見るのは、はじめてである。想像したと同じに、聡明さと偏執の光があった。

「なにを、ぼんやりしていたの」

三代子が言うと、少年はかぶりを振り、

「いま、あの石垣の上の家を見ていたんだ。お城みたいだね」

空地を劃《くぎ》る石垣があり、その石垣は高い崖のようにそそり立ち、その上の石の塀と樹木の奥に、大きな邸宅があった。空地のその位置からは、二階の上に塔のように突出している部分だけがみえる。塔には、複雑な飾り模様の窓枠に囲まれた窓が一つある。矢村道夫は、石垣の上から視線を下げ、空地の面積を計る眼であたりを見まわすと、

「これでは、すこし狭いかな」

「そう、すこし……」

と、三代子も周囲に眼を向けている。

「ま、いいさ。どこかへ飛んで行ってしまったら、また買ってあげよう。もっとも、今度は出来上った飛行機の方がいいかな」

少年は黙って、プロペラに指を当て、ぐるぐる回している。コーヒー色のゴム紐がよじれて、やがて沢山の小さな瘤《こぶ》がつらなった形になった。空地で遊んでいた幼い子供たちが五、六人集ってきて、少年の手もとを見守っている。動力のゴムは十分に巻かれた。少年は高く上げた両手で飛行機を水平に支え、しばらく呼吸をはかっていたが、やがて空中に押出すようにして手を離した。

空地が狭いことを心配する必要は、まったく無かったのだ。

振りかぶった鶴嘴《つるはし》を力一ぱい足もとの地面に叩き込むような弧線を描いて、飛行機は

少年のすぐ前の地面に勢よく突当った。そのあまりの勢のよさが、かえって滑稽だった。並んで成行を見守っていた子供たちが、わっと一斉に笑い声を上げた。少年は屈辱を受けた顔のまま、呆然と立っていた。三代子が取りなす方法を考えている手つきで、地面の飛行機を拾い上げた。胴体の役目をしている細い角材が二つに折れ、プロペラは縦に割れ、翼は大きく破れていた。

「いまの勢で空の方へ上ったら、素晴らしかったんだが」

慰めるつもりで彼は言ったが、その言葉は揶揄《やゆ》に似てしまった。あわてて、付け加えた。

「かまわないさ。また、買ってきてあげるよ」

「いいえ、いいんです。わたしが買ってやりますから」

三代子が強い口調で言い、

「よくって、すぐにもう一つ作るのよ」

空に舞い上る飛行機が出来上らなければ、自分たち姉弟の立つ瀬がない、と言っているように、その言葉は聞えた。彼は三代子の隠された面を覗いた気持で、その顔を見た。その顔は、いつもの淋しい内気な顔立ちである。

少年の姿が、窓の中にみえる。背中の曲り方が一層はげしくなったようにおもえる。十日経っても、十五日経っても、廊下の途中で立止る矢村道夫の眼に同じ姿が映ってくる。

二台目の模型飛行機は、いつ出来上るのだろう。

ある夕方、坂の上の四つ角で、矢村は偶然三代子に出会った。彼女は、わだかまりのない笑顔で、お辞儀をした。

「やあ、まだ飛行機は出来上らないようですね」

「それが出来ましたのよ。でも今度も、飛ばなかったのです」

「それじゃ、いま作っているのは、三台目なのか……」

「いま作っているって、よくお分りですのね」

「あ、そうか」

当然、三代子が知っているとおもっていたので、そういう言葉がまず彼の口から出た。あらためて、彼は説明する。

「ぼくの家の二階の廊下を歩いているとき、あなたの家の中の様子が見えるもので……。窓が開いているときには……」

「あら、そうでしたの……。そうでしたわね」

その返事の様子では、まったく気付いていないことではなかったようだ。三代子は、一瞬何ごとかを考える眼になり、言葉をつづけた。

「崖の上の空を飛ぶようになるまでは、何台でも作るんだ、と言っていますの。あの高い石垣の上のお城のような家の窓の中に、お姫さまのようなきれいな女の子の顔が見えた、と弟は言うのです。わたし、弟の魂胆が分っていますの。飛行機をあのお庭に飛び込ませて、それを口実にして、訪ねて行こうというのですわ」

「口実にして……」

矢村は、口の中で呟いた。三代子は凝《じ》っと彼を見詰めて言葉をつづける。

「お姫さまみたいな女の子、だなんて、そんな夢みたいなことを言うのですわ。でも、わたしはそんな夢みたいなことなんか、考えてはいませんわ。たとえ、あのお城のような家にお姫さまがいて、その庭に飛行機が飛び込んで、弟がそれを拾いに訪ねて行ったとしても、それで一体どうなるというのでしょう。弟がお城で会うのは、きっと悪魔ですわ。たとえお姫さまに会ったとしても、そのお姫さまが悪魔かもしれないわ」

珍しく三代子は多弁になり、顔にうっすらと赤味が射した。しかし、矢村には彼女が何を言っているのか、よく分らなかった。彼は曖昧にうなずきながら、

「飛行機が飛んだら、教えてくれませんか」

と言って、三代子と別れた。

数週間が経った。瀬川家の少年は、いつも同じ姿勢で窓の中にいた。その姿勢が眼に映ると、矢村道夫は鬱陶しい心持になって、すぐに眼を背けてしまう。

秋の気配が空気の中に混りはじめた。廊下の途中で立止って、彼が瀬川家に眼を向けると、少年の部屋の窓が閉されていた。

「そういう季節になったのだ」

窓の締ったことが心残りのようでもあり、また吻《ほ》っとした気持でもあった。歩き出そうとした彼は、はっとして足を止めた。

瀬川家の台所の窓が開いていて、その窓格子の向う側に、輝くようななめらかな色が見えた。湯殿から出たばかりの女の裸体が、窓の向うにあった。全身が薄薔薇《うすばら》色に染まったその色がなまなましく、肥り肉《じし》の四肢は、窓の中に収まり切らず窓枠を弾《はじ》き飛ばしそうにみえた。

にくにくしいまでに大きく充実した二つの乳房を正面に向けて、その女は凝っと立っている。火照《ほて》った軀を風に当てている姿なのだが、彼の存在に気付いて、そのまま向い合って立っているようにもおもえた。

その女は誰なのだろう。その女が三代子の顔をしていることが彼にはしばらく信じられなかった。淋しい顔立ちと衣服の下では、痩せているようにみえた三代子の軀が、裸になるとたちまち変貌する。そこには、成熟した、したたかともいえる裸体があった。

それが、木曜日の夜。

日曜日の昼に、彼は三代子の訪問を受けた。

以前と同じように、衣服につつまれた三代子の軀は細くしなやかにみえた。彼はいそいで眼をそらし、

「飛んだのですね」

と言った。少年の飛行機が、空に浮び上った報告に、三代子が訪れたのだろう、とおもったのである。

「ええ、でもそれはもう大分前のことなんです。引越しをしますので、今日はそのご挨拶に伺ったのですわ」

「引越しですって。ま、ちょっと上りませんか」

「いえ、ここで。すぐ失礼します」

「それで、引越しというと」

「ちょっと事情がありまして」

と、今度は三代子の方から、話題を模型飛行機に向けた。

「半月ほど前に、飛びましたの。それも弟の思いどおりに、あの崖の上のお家に飛び込みましたのよ」

「でも、弟さんは前と同じように、部屋の中で何か作っている様子だったが」

「廊下からご覧になったのね」

「ええ」

と、彼はおもわず眼をそらした。三代子は彼を見詰めて、言葉をつづける。

「道夫さん……」

はじめて名を呼んだが、それは年上の女が若い男によびかける口調に似ていた。

「やはり、お城の中には悪魔がいたのですわ」

「え」

「というと話が大袈裟《おおげさ》になるけど……」

三代子は不意に、さも可笑《おか》しそうに笑い声を立てて、

「弟が飛行機を取らしてもらいに行きますとね、あの家の息子さんが庭に飛び込んだ飛行機を手に持って出てきたのですって。高校生の息子さんですけれど、この方が模型気違いで、電気機関車をつくるのに夢中なんです。すっかり仲良くなったのはいいのです

けど、弟も同じように機関車を作りはじめてしまって……」

「………」

「電気機関車って、ずいぶんお金がかかりますのよ。あら、こんなこと言ってしまって。愚痴を言うつもりはありませんのよ。引越しのご挨拶に伺いましたの」

お辞儀をして去ってゆく三代子のうしろ姿を、彼は黙って見送っていた。五、六歩あるいたところで、彼女は深くかがんで、指先で下駄の鼻緒を直した。そのとき、衣服の下から腰の線がたくましく浮び上るのが、彼の眼に映った。

瀬川家が引越して行って間もなく、噂が伝わってきた。瀬川三代子が結婚して金持の中年男の後妻になった、という噂である。

春の声

町田は、石井の頸《くび》に片腕をまわし、腰に相手の軀を載せて、投げた。石井の軀が宙に飛んで、仰向《あおむ》けに地面に落ちた。

疎《まばら》に草の生えている地面で、乾いた赤い土が草のあいだから覗いている。背中に赤い土をいっぱいくっつけた石井は、すぐに立上ると、町田に向ってゆく。膝の関節の弛《ゆる》んだような走り方で、両腕を大きく振りまわしながら、町田の方へ向ってゆく。顔は、汗と涙で濡れて光っている。

町田も、息を弾ませて、苦しそうだ。先刻から、もう十回以上も同じことが繰返されている。町田が投げ、石井の軀が宙に浮いて地面に落ちる。

二人とも、腺病質な痩せた体格をしている。小学六年生の、都会の子供だ。二人とも非力だが、軀を動かすことは好きな性質である。日曜日の午後、近所の空地で遊んでいるうちに、喧嘩がはじまった。原因は些細なことで、むしろ町田が挑発したといえる。喧嘩の状態になるために、原因をでっち上げた気配があった。町田が、投げ飛ばす快感をぬすみ取ろうとたくらんだわけだ。そのための相手としては、石井しかいない。ほかの連中では、手ごわ過ぎる。

……またしても石井が向ってきたので、町田は怯《ひる》んだ眼になった。体力が尽きかかっているのが分る。もう尽きてもよい筈の体力を絞り出すようにして、よろめきながら向ってくる石井の態度に、薄気味わるいものを感じた。

「なんだ、まだ来るのか」

「…………」

「この泣き虫、メソ太郎」

その言葉とうらはらに、町田は不意に背をみせて、逃げた。走る速度は、町田のほうが速い。距離が開いた。立止って、振向くと、石井は膝の弛んだ、のめりそうな恰好のまま、ゆっくりと迫ってくる。スローモーションのフィルムを見ているような走り方の石井の顔が、しだいに大きく迫ってくる。

そのとき、町田は不意に気付いた。石井の眼は薄く半開きになり、焦点は町田に合っていない。そして、その顔全体に薄くひろがっている快感の気配を見た。

石井は首を長く前にさしのべるようにして、町田の懐《ふところ》に飛び込んでくる。まるで、町田の腕が巻き付きやすい姿勢をつくっているようだ。町田はその頸に片腕を巻いた。石井の軀が宙に浮いた瞬間、「こいつも、おれを必要としていたのか」という考えが、閃《ひらめ》いた。

力が弱っているので、石井の軀は宙に飛ばず、町田の軀と絡まり合うように、地面に倒れた。町田は、片腕を頸にまわしたおさえ込みの姿勢になって、すぐ下にある石井の顔を見おろした。

石井は、薄目を開いている。濡れた顔が、快感のためにぬめっているように見えた。草のにおいが混り合って、鼻腔に流れ込んでくる。

「おい、もうやめようよ」

「いやだ」

石井はそう言うが、町田の軀を撥《は》ねかえそうと試みるわけではない。むしろ、全身から力を脱《ぬ》いて横たわり、背中に当る地面の感触と、上にある町田の重たさを愉しんでいるようだ。

「もうやめよう」

町田が、躯を起しかけた。その躯にかかっている石井の腕に、引きとめようとする力が入った。町田は、その力をひどくしなやかに感じ、かるい眩暈《めまい》を覚えた。

その眩暈は一瞬のうちに通り過ぎ、町田の眼に一本の雑草の茎が、まるで拡大されたように大きく映っている。その茎のそばで、藁屑《わらくず》に羽をつけたような小さなトンボが宙に浮いたまま、痙攣《けいれん》するようにこまかく前後に動いている。糸トンボである。このトンボは、いつもそういう具合に、草のあいだを漂っている。

反射的に、町田は手を伸ばして、そのトンボに摑みかかった。当然、巧みに身をかわす筈のトンボが、まるで奇蹟のように町田の掌の中に入ってしまった。

「おい、つかまえたぞ」

緩く握った拳を、石井の眼の前に突出すと、町田は興奮して声を上げた。拳の中で、乾いた感触が絶え間なく皮膚をくすぐる。

「なにを」

石井の眼は、はっきり見開かれている。潤んだ薄目はようやく消えて、睫毛《まつげ》の長い少女のような眼だ。

「糸トンボさ」

立上った町田は、つづいて立上った石井と向い合って、言った。

「これを君にあげるから、仲直りしよう」

仲直り、という言葉にひっかかるものを感じながら、拳を石井の前に差し出す。その拳に、石井の掌が下から支えるように当てがわれた。町田の拳がゆっくりと慎重に開かれてゆき、中身を石井の掌の中に移そうとする。

しかし、町田の拳が弛んだ瞬間、その指のあいだを擦り抜けて、糸トンボは大気の中に逃れ去ってしまった。

「いいんだよ、ぼくはトンボはあまり好きじゃない」

残念がる町田を慰める口調で、石井は言う。しかし、惜しい気持が、町田に濃く残っている。指先で押潰しても体液がにじむことのなさそうな、乾いた感じの昆虫に、町田は愛着を持っていた。

「トンボは嫌いなの。じゃ、なにが好きなんだ」

むしろ咎めて、詰問する口調になった。

「蝶々のほうが好きだ」

「蝶か、あれは、指に粉がつくから厭だな」

「粉が綺麗なんだ」

「綺麗だって。それじゃ、蛾も好きかい」

町田は、すこし喧嘩腰になっている。

「蛾も、好きだよ」

「ぼくは大嫌いだ」

いつも、こういうことがキッカケになって、喧嘩がはじまる。町田は、石井の頭を眺めた。細くて長く、すべすべした皮膚である。そこに片腕を巻きつけて、投げ飛ばす……。石井の薄く開いた眼を思い出し、一瞬、不快な気持と、唆《そそ》られる気持を同時に持った。

衝動が起ったが、町田は襲いかかることをやめた。石井も自分を必要としているとおもうと、町田は蛾の粉が指先に粘りついた気分になったからだ。

町田は、おもわず自分の指に眼を向けた。

「蛾の粉か、いや、蝶の粉かもしれない」

とおもう。少女のような石井の眼が抜目なく町田の動作を窺っている。

「ぼくは大好きだ」

念を押すように、石井は言った。挑発する口調になっている。町田は聞えないふりをして、空地を眺めまわした。空を仰ぎ、太陽の位置をたしかめる。

「まだ、晩ごはんまでには、時間があるな。どこか、他のところへ行こう」

と、町田が言った。

「どこかって、どこへ」

「君の家がいい、君の家へ行こう」

石井が自分の家へ友人を呼びたがらないのを知っていて、町田はそう言った。いやがらせのために言うのでなく、石井の家へ行きたいのだ。ためらう石井に、押しつけるように言葉をつづける。

「君の家、電気機関車があるだろう。あれで、遊ぼうよ」

贅沢な玩具を、石井がいろいろ持っているのは事実である。しかし、町田のその言葉は嘘だ。町田は、石井の姉の顔が見たいのである。石井の姉の美紀は十五歳だが、その美しさは子供の世界のものではない。石井の家へ行っても、美紀が一緒に遊んでくれるのではないが、町田はその存在を近くに感じ取っているだけで満足なのだ。

町田は、石井の返事を待たず、歩き出している。小さい坂を下り、狭い急な坂を上り、また坂を下ると、商店が幾軒かかたまっている場所に出た。石井の家は、まだその先である。

駄菓子屋の前に石井は立止ると、

「ねえ、当てものをしていこうよ」

と、呼びかけた。自分の家へ着く時間を、なるべく先へ延ばしたいようにもみえた。

二人は店の中に入った。薄暗い店の中に、和服姿の娘が坐っている。陰気な、寂しい顔だちの娘だが、二人の子供を見ると、笑顔をみせた。娘が背にしているガラス障子のむこうにめずらしく人の気配があった。中年の女の姿が透けてみえている。いつもは、この娘が一人で店番をしているのだが。

箱の中から、町田と石井は封をした紙片をつまみ出す。封を切って開いてみたが、紙は白いままだった。もしもその紙の上に、ゴム印で捺《お》した力士の姿が出てきたら、「当り」である。開いた掌を前に向けた両腕を肩の高さにあげた力士の立姿で、その化粧まわしに横綱という文字がみえたとしたら、「大当り」である。

町田と石井の剝く紙は、どれも白いものばかりだった。

「もうやめた」

と言って、町田は店番の娘の前に、掌を差し出した。「はずれ」ばかりでも景品はある。それに、この店の「はずれ」の景品は、特別ふんぱつしてある。半月ほど前に、その娘が店番をするようになってから、格段に良くなった。

しかし、その日、娘はガラスの容器から塩センベイを二枚取出して、町田の掌に載せただけだ。

不満の気配をあらわにして、掌を突出したままでいる町田に、その娘は困惑の眼を向け、その眼を落すと俯《うつむ》いて黙ったままでいる。

「さあ、行こうよ」

石井が、町田の腕を引張った。

「だって、君」

町田が言いかけると、石井はいつになく強い口調で、

「それでいいんだよ、行こう、行こう」

と、町田の腕を引張る手に、力を加えた。俯いている娘と、石井の強い力が、町田を脅かした。えたいの知れぬものに向い合っている不安な気分になったのだ。

駄菓子屋から離れたとき、町田はようやく我を取戻して、

「だって、君、いつもは塩センベイをもっと沢山くれるじゃないか。たった二枚なんて……」

「二枚が、本当なんだよ。今日は、あの店のおばさんがいただろう。いつもは、あのおねえさんが誤魔化して、余分にくれていたんだ、とぼくはおもうな」

「なるほど」

町田は立止って、おもわず石井の顔を眺めた。虚を衝かれた気分である。

「よく気が付いたね」

「あのおねえさんは、きっと出戻り娘だよ。ぼくは、そういうことは、とてもよく分ってしまうんだ」

と、石井は言う。得意気な表情はなく、そういう自分を持て余しているようにもみえた。

石井の家に、近づいた。そこは、隣の町になっていて、石井はわざわざ地域外の小学校に通っているわけだ。ときどき擦れ違う小学生の学帽の徽章《きしょう》が、町田たちのものとは違っている。互いに、探り合うような視線を、一瞬のあいだに取りかわす。

竹の籠をぶら下げた三人連れの男の子が、むこうから歩いてきた。背の高さからみて、小学四年生くらいとおもえる。

その三人の前に、石井が立止って、言った。

「やあ、その籠をちょっとみせてくれよ」

友好的な態度にもみえ、立ちはだかって威嚇《いかく》しているようにもみえる。石井の痩せた軀が、その三人よりもかなり高い。威嚇することも、可能にみえた。

男の子の一人が、小さな籠を持上げてみせた。緑色をしたバッタが数匹、おもいおもいの方角を向いて、籠の中にいた。

「それ、一匹くれよ」

相手は、黙って立っている。拒んでいる気配があった。

「知っている子かい」

町田が、石井に訊ねた。

「いいや」

むしろ昂然と、石井は答えた。知らない相手から、捲き上げてやるんだ、という態度で、背筋をまっすぐ伸ばしている。弱い相手を前にして、餓鬼大将を気取っている。今まで見たことのない、石井の態度であった。それは、これまでの石井にたいする町田の態度といえた。もっとも、もう町田はそういう態度を石井にたいして取れない。石井が町田を必要としていることが分ったのだから、これからは馴れ合いの芝居になる。互いに技巧を凝らして、淫靡《いんび》な快感をぬすみ取ろうとするならば、話は別であるが……。

「知っている子かい」

「いいや」

その問答にたいして、籠を持っている子供が口を挿《はさ》んだ。

「ぼく、知ってらあ」

石井がきっとなって、その子供を見た。その子供の言葉に含まれた気配がどういう形なのか、町田は摑むことができなかったが、石井の気配が異様だった。

不意に、町田が思い出した言葉がある。石井の家へ遊びに行った級友が、クラスで大きな声で言っていた言葉だ。

「石井の姉さんは……」

と、彼は性器の卑俗な名称を言い、

「――にまで、お化粧してるんだぞ」

たしかに、石井の姉は、年齢に似合わず、薄化粧をしていることが多い。ときには、色濃く口紅を塗っていることもある。しかし、その言葉は、その美しさに反撥した言葉だとおもっていた。

しかし、いま、その言葉と石井の尖った気配とが結び付いた。答はまだ分らないが、町田も異様な気分になった。

「おい、寄越せ」

「いやだ」

石井が、強く言った。

「寄越せ」

「ぼく、知ってらあ」

左端の子供が、からかうように言った。石井は、乱暴な動作で、中央の子供の手から、籠をもぎ取った。

「おとなしく寄越せば、一匹だけで済んだんだぞ」

「おい、全部取っちまうのかい」

町田が小声で言うと、

「そうさ」

と、石井は意地になったように言う。

籠を奪い返そうと、三人の子供が襲ってきたが、それを追い払うのは非力な二人で十分だった。

「覚えていろ」

「おにいちゃんに、言いつけてやるからな」

「あとで泣くな」

口々に罵声を浴せながら、三人の子供は逃げて行った。

石井は佇んだまま、手にもった籠を眺め、その籠をもてあましている仕種になった。

「こんなもの、欲しくはなかったんだが」

「捨てちまえよ」

厭な予感が、町田のなかで動いていた。その籠を持っていると、たたりが一層大きいような気がしたのだ。

石井は軀を折り曲げて、そっとその籠を道の端に置いた。その動作には、いつものしなやかさが戻っていた。そして、まるで爆発物から離れてゆく足取りで、小走りに歩き出した。町田も、なにものかに追われるように、石井につづいた。

百メートルも離れたときだったろうか、曲り角の向うから、喚声が聞えてきた。思いがけぬ早さで、三人の子供たちは復讐をはじめたのだ。

ワイシャツの裾をズボンの外へ出した下駄ばきの若い男を先頭に押立てて、三人の子供たちが勢込んで姿をあらわした。その男の下駄が舗装路で鳴り、ワイシャツの裾がひるがえる。はっきりと大人である若い男が、子供たちとまったく同じに勢込んでいるのが、異様にみえる。

町田と石井は、逃げた。全速力で、夢中で逃げた。路地に折れ込み、その突当りの家の中に逃げ込んだ。そこが、石井の家である。

居間に転がり込むように這入ってきた石井と町田の方に、二つの顔が向けられた。その日、石井の姉の美紀は、赤く唇を塗っていた。それよりも、もっと濃い化粧の顔が、石井の母のものだ。

「どうしたの、そんなに乱暴に飛び込んできたりして」

二人の少年は、戸外に聞き耳をたてて、切迫した表情でいる。返事をする余裕がない。

「どうしたの」

繰返し、石井の母が訊ねる。悪戯《いたずら》っ子をたしなめる口調が変って、いくぶん険しくなった。

そのとき、路地に走り込んでくる乱れた足音がひびいた。不穏な気配が、路地の中でみるみる濃くなって、石井の家の正面へ押しよせてくる。

「どうしたのさ」

繰返す声が、鋭く尖った。

その質問に答えるように、家の外で一斉に叫び声が上った。鬨《とき》の声がおさまると、家の外の子供たちは、口々に叫びはじめた。

「やい、出てこい」

「弱虫、はやく出てこい」

「弱いものいじめの罰だぞ」

「二人、首をそろえて出てこい」

さすがに、若い男の声は聞えてこないが、この家にそそがれているその男の眼のなまなましさが眼にみえるようだ。石井の母の額には、癇性《かんしょう》な皺ができている。姉の美紀は、黙ったまま眼を光らせている。しかし、その顔は二つとも美しい。この二つの顔の存在が、若い男を駆り立てているようにおもえる。

家の外の罵声は、ますます高くなってきた。

「わたしは、家の前に他人がたかってくるのが大嫌いなんだよ。おまえも、知っている筈じゃないか。なんていうことをしてくれたのだろう」

怯えている声で、その声が震えた。町田は居たたまれない心持になる。追い込まれてようやく逃げこんだ場所から、一斉に鋭い棘が顔を出しチクチクと軀を刺す。美紀に眼を移す。彼女の眼に、暗い光がある。窖《あなぐら》の奥の、小さい柔らかい軀をもった獣のようだ。しかし、その光は、怯えている光ではない。あれは何だろう……、と町田がおもったとき、戸外の声が、新しい文句を叫んだ。

「出てこい、メソ太郎」

他の小学校の生徒が、石井の綽名《あだな》を知っているのは、何を意味しているのだろう。この路地の奥の家に、近所の子供たちの、いや近所の住人たちの関心が集中していることだろうか。

そのとき、一際高い声が聞えた。

「出てこい、メカケの子」

その声の高さは、その言葉が思い切って言われたためかもしれない。いったん、その言葉が言われたあとは、堰《せき》を切ったように、それに類似の言葉が浴せかけられてきた。

町田が、そういう言葉で石井のことを考えたのは、今がはじめてだ。父親の姿を見たことがない、とはおもっていたが。夕暮が迫って、電気をともし忘れた薄暗い部屋の中で、美紀の赤い唇が浮んでいる。性器にまで化粧している……、という級友の言葉が、べつの意味をもって浮んできた。その級友は、子供の直感で嗅ぎ当てたものであったのかもしれない。

町田は、立上った。

いま、町田は自分の身を置く場所がなくなった。家の外にも、中にも場所はない。家の中は、湿って、粘っている。家の外は、むしろ乾いている。荒々しく乾いている。

玄関の戸を開き、町田は戸外へ飛び出して行った。あるいは路地の外へ逃げ出せるかもしれぬという希望をもって、弾丸のように飛び出した。

その行先を、男の太い腕が遮った。町田がまるで敵陣に切込んだようにみえたので、その腕におもわず大人の力がこもった。

町田が眼を開いて、まず気付いたのは、電燈の光の黄色さである。

「よかったわ、気が付いたわ」

町田は、石井の家の居間に寝かされていた。額に、濡手拭《ぬれてぬぐい》が置いてある。

「あいつらを、やっつけようとしてくれたのね」

仰向いた町田の顔の上に、石井の母の笑顔がのぞいていた。その笑顔はいくぶん歪《ゆが》んでいたが、好意にあふれていた。

「単純なんだな」

と、町田はおもった。そのとき、そっくり同じ言葉が聞えてきた。

「単純なのね」

それは、美紀の声である。しかし、それは町田に向けられた言葉だった。美紀は言葉をつづけて、

「あら、大人に言うみたいなことを言っちゃったわ。まだ、小学生なんですものね」

美紀も、飛び出して行った意味を考え違いしている、と町田はおもった。しかし、黙っていた。美紀も黙っている。暗い、しかしキラキラと強く光る、挑みかかるような眼の色だ。

その眼を見ているうちに、町田は新しい考えに捉えられた。そういう美紀について、自分も考え違いしているのかもしれない。自分が飛び出して行った意味を説明できないのは、その説明が美紀を傷つけるとおもっているからだ。しかし、もし美紀を傷つけようと試みたとしても、はたしてその軀に爪が立つだろうか。自分の爪が、そして、あのワイシャツの裾をひるがえした若い男の爪が……。美紀の赤く塗った唇が、世間にたいする挑戦状のようにみえる。

美紀が、小さな柔らかな、しかし強靭で美しい獣のようにみえる。

随筆

子供の時間

時間をさかのぼる

記憶を逆行させていくと、幼稚園の頃までは当然思い出せる。私は四月一日の早生れ(四月一日は遅生れとおもっている人もいるけれど)だから、幼稚園入学の日に五歳になっている。さらに、四歳、三歳とさかのぼると、どのあたりまで行くだろう。こういうことは、ほとんどの人が試みてみることだろう。

有名なところでは、三島由紀夫が『仮面の告白』という小説で、自分が産湯をつかわされた光景を描いている。こういう小説での話となれば、もっと羽目をはずしたのに、イギリスの作家ロレンス・スターン(一七一三〜六八)が書いた『トリストラム・シャンディの生涯と意見』という奇抜な作品がある。

ここでは、主人公は自分が受胎される直前のことも知っており、そのとき母親が、

「あら、あなた、掛時計のゼンマイを巻いたかしら」

と、口走っている。

そして、「こんな不まじめなつくり方をされたために、自分はヘンな人間になってしまったのだ」と、主人公は嘆くのである。

本題に戻って、逆行をこころみてみると、これが甚だ曖昧だし、突飛なものにも辿りつかない。都心の市ヶ谷駅と四ッ谷駅と日本テレビがつくる三角形のまん中あたりにある番町幼稚園に、私は通った。その近くの家で育ったわけだが、その半年ほど前までは渋谷の奥の池尻に一年ほど住んでいた。つまり、三歳の記憶はいろいろある。

目黒川に沿った細い道に沿って玄関のある平家で、間取りもおぼろげに覚えている。その一番奥の部屋で、熱に苦しんでいた。風邪だったのだろう。何日かして、ずいぶんラクになった。部屋には誰もいない。立上ると、脚がふらついた。廊下の壁づたいに、茶の間へ行ってみた。その部屋には幾人かいて、驚いたような歓迎するような声を上げた。「あたたかく迎えられた」という記憶だけ鮮明だ。そこには誰がいたのだろう。父も母も曖昧で、祖母の存在だけはっきりしている。

それから間もなくのある日、朝からとても調子がわるい。寝床を離れる気がせず、食事もしない。

ときどき祖母が顔を出して、

「どうしたのよ」

と、怒ったように言う。

「わからない」

その度に答え、「この前のときは、やさしかったのにな」とおもう。そのうち、左の肩のあたりが痛くなってきた。夕方になって、祖母がやってきて、

「いつまで、ぐずぐずしてるのよ」

「肩が痛い」

「なにを言ってるの、さあ、銭湯に行きましょう」

左手首を摑んで、強く引起した。そのとき、「コキッ」という音がして、軀全体の苦しさが一気にほぐれた。寝たがえて、左の肩を脱臼していたのが、祖母の荒っぽい仕種で治ったのだ。

「脱臼しているのを、叱られてもな」

と、おもったままでは覚えている。ラクになって嬉しかったのも、覚えている。

きれいな海きたない海

いま調べてみると十二年前のことになるが、ある批評家と対談した。その一部をここに写してみると、

『「ぼくにとって一番わかりにくいのは、たとえばヨシユキさんは海が好きでしょう。だけど、それは陽のさんさんと降りそそぐ綺麗な海じゃなくて、横浜か川崎あたりの錆びたような海ですね」

「そうです」

「それはマゾヒスティックに言っているのか、あるいはひょっとすると、本当にその方が感覚に受け入れやすいのか、わからないんです」』

このとき不意に疲れを覚えて、自分でもよくわからなくなった。あいまいな返事をしてしまったが、あとでわかってきた。これは、微妙な鋭い質問で、答えも長く複雑になるが、省略して大まかに言う。

海はきれいに澄んだのがいいが、そういうのを手近に求めてもムリだとすると、ひどく汚れてしまったもののほうがマシだ。海水浴場というのが私はきらいで、一つにはそ

の水の汚れ方が中途半端なせいである。今その水のことを思っただけで、厭な気分になった。

小学二年生の夏休みは、内房総の竹岡で送った。偶然、その海水浴場からすこし離れたところに、ほとんど人影のない砂浜があるのを発見した。浜は狭く、砂も不十分なので、人が集まらないのだろう。

時折、父親が姿を見せた。翌日になるとさっさと帰ってゆくのだが、あるとき紙包を出して、

「いい水着を買ってきてやったぞ」

と、言った。

包を開いてみると、橙《だいだい》色の縞模様の水着が出てきた。当時は、男ものでもパンツだけのものはすくなく、シャツとパンツがくっついた形をしていたが、それは女もののようにもみえた。

「イヤだ、そんなハデなもの」

「なんだと」

父親はすぐ怒る。

押問答のあげく、

「そんなら、これはやらない。ハダカで泳げ」

「いいさ、ハダカで泳ぐから」

すこし離れたところの砂浜を思い出して、そう答えた。そこまで一人で歩いて行ったのだが、七歳の子供にとってはかなり遠かった。

やがて、水が見えてきた。道の下のほうで、白く光っている。小さな崖を降りて、その浜にたどりつく。漁師の子が二、三人、素裸で泳いでいた。

その子たちは、達者に泳いでいた。私は服も下着も脱ぎ捨てて水の中に入り、不器用に泳いでみた。

「あんな水着で泳ぐより、このほうがよっぽどいいや」

と、おもった。

しかし、ビーチパラソルがあちこちに立つ海水浴場で、素裸で泳ぐのも羞《はずか》しい。さりとて、あの橙色の水着で砂浜に出てゆく気にも到底なれない。

七歳にもなれば、ずいぶん屈折した心を持つものだな、と久しぶりに思い出した。最後には、父親が折れて、黒い水着を買ってくれた。

塀の上

小学校の授業は、午後三時ころ終った、と覚えている。歩いて十分くらいで、家に着く。玄関の戸を開くと、ランドセルを家の中に投げこんで、そのまま屋根に登り、瓦の上に一人でいる。地面の上ではイヤなことばかり起る。屋根に登ってしまえば、安心だ。平家の屋根から塀の上に移動し、その上を歩いて次の屋根に取りつく。

この遊びは、小学三年からはじめて、四年生までつづいた。二階家の屋根瓦に腹ばいになって、ギリギリのところまでニジリ寄ってゆくと、八歳の身としては地面はずいぶん下に見えた。

小学五年になってから、久しぶりに塀の上を歩いていた。不意にバランスが崩れ、踏み出そうとする形のまま落下して、尾骶骨《びていこつ》をしたたか打った。そこは、隣家の勝手口のところで、眼の前の戸は開いたままになっていた。奥の居間で家族が夕食の卓をかこんでいるらしく、

「あら、なにか音がしなかったかしら」

と、若い女の声がきこえてきた。

落ちたまま動けないでいる私は、考えた。

「困ったなあ、これが二年前なら、まだサマになるんだが」

十歳という年齢で、そういう考え方をする。もう十分にオトナの分別があるというこ
とで、子供でも油断ならない。

息をひそめていると、

「べつに、なにもきこえなかったわよ」

娘の母親の声がして、

「猫かしら」

と、若い女の声がきこえたが、調べにくる気配はなかった。私は足音をしのばせ、息
を殺して逃げ去った。

「猫かしら」

という声は、今でも耳にあざやかである。

その二年前、屋根の上を動きまわっていると、地面から母親の声がした。

「また、屋根にいるんでしょ。降りてらっしゃい、新聞社の人がシャシンをとりたいと
いってるから」

「イヤだ」

と言って、屋根の上に平たくなった。今度は父親の声がひびく。

「おい、降りてこい」

父も母も、当時いわゆる「有名人」で、新聞社がインタヴューにきているのだろう。

そんなこと、ボクにはカンケイない。

「イヤだあ」

と、屋根にしがみつく。

「降りてこい、はやくしないと、引摺《ひきず》りおろしに行くぞ」

父親が叫ぶ。なにせ乱暴なんだから、登ってきてもフシギではない。しぶしぶ降りてゆく。もともと写真ぎらいだったのが、これで一層きらいになった。

それから五十九年経った今（あまりの長い年月に驚くが、きのうのことのようでもある）、電話が鳴って、

「以前もおデンワしましたが、写真をとらせてください」

と、未知のカメラマンが言う。

「今は、ちょっと勘弁してください」

そう答え、途方にくれた気分になる。

東海道本線・往復

東京オリンピックの年に新幹線がつくられたとき、熱海のあたりに「新丹那トンネル」ができた。昭和のはじめに完成した「丹那トンネル」のほうは、難工事で着工から十五年かかった。このトンネルが出来たことで、東海道本線の走行が何時間か短縮された。

幼い頃の私は、祖母に連れられてしばしば東京↕岡山を往復していた。東海道本線から山陽本線まではいり込むことになり、二十時間近くかかったろうか。

「はやく丹那トンネルができないかな」

と、待ち兼ねていた記憶がある。

いま調べてみるとその完成は昭和九年、私は小学五年生で、すでに頻繁に往復していた時期を過ぎていた。

丹那トンネル貫通の前は、汽車は御殿場のほうへ迂回していた。あるときフト気づくと、汽車の中で眠りから覚めていて、車窓の外にはすさまじい光景があった。赤黒い崖がのしかかるように迫ってきて、悲鳴を上げながら汽車が逃げていた。日常生活で見る光景ではなく、おそらく寝呆けた頭が過大に受け止めたのだろう。幾つくらいのことだったろうか。場所は御殿場のあたりとおもって、その後注意していたが二度とそれを見ることはできなかった。

当時は蒸気機関車が煤を吐きながら走る時代で、客車は一等二等三等に分かれていた。一等は特別の階層の人たちのためのもの、二等車はいまのグリーン車といったところで空いていた。祖母の座っている向いの席を二つ使って仰向けに寝て、シートがしっくり身に合い良い気分だった。それは幾歳ぐらいなのだろう。

そのうち、窮屈な感じが起るようになって、

「いったい、どうしたのだろう」

と、フシギにおもっていた。

背が伸びたせいとわかったのは、しばらく経ってからのことである。

幼い頃にこだわっているのだが、記憶というのはアテにならない。丹那トンネル貫通も、昭和五年頃とおもっていた……。その前となると、ますます怪しい。

私は岡山市に生れたが、父母は一足先に上京しており、私は祖母に連れられて岡山・東京を行ったり来たりしていた。そして、岡山↓東京がいつから東京↓岡山になったのか、その境目が曖昧なのである。一応、二歳の頃にその境目を置いているが、アテには

ならない。それに、幼い頃の記憶は、後年他人から聞いた事柄が、まるで実体験のように付け加わることがある。

　こんな記憶がある。岡山の家でこういう言葉を聞いた。

「今日の夕方、彦崎《ひこさき》(当時は岡山市外)の叔母さん(母の妹)が遊びにくるわよ」

　すっかり嬉しくなって、立ったままぐるぐる回っているうちに、目が回って気分が悪くなってしまった。

「仕方のない子だね」

　という声を覚えている。そして、布団を敷いて寝かされてしまった。

　その布団がどの部屋にどういう形で敷かれたか、はっきり覚えているので実体験とおもうのだが、それも百パーセントの自信はない。

口笛

　口笛というものを、長いこと吹いていないな、とフトおもった。自転車に乗るのと同じように、こういうものは一度習得すると、空白があっても出来るものだ。試しに吹いてみると、きれいな音が出た。

初めて口笛が鳴ったのは、はっきり覚えている。八歳の夏の末である。その夏、内房総の竹岡海岸に部屋を借りて、一ヵ月を過した。十歳年上の叔父がいて、ときどき口笛を吹いていたが、以前からそれが不思議で仕方がなかった。真似してみたが、息の音しか出ない。間もなくあきらめたが、その年の夏、発心して練習した。しだいに、掠れた音くらいは出はじめたが、サマにならなかった。

八月も二十日を過ぎると、避暑地はしだいにさびれはじめる。しかし、私たちは居残っていた。土用波が高くなり、村の道を歩いていると烈しい音がしておそろしい。津波というものがあって、不意に水が立ち上って五、六メートルの屏風《びょうぶ》のようになり、襲いかかってくると聞かされていて、海沿いの道を歩いていると、おそろしくて仕方がない。耳を押えたくなるが、今度は飛蝗《ばった》が眼の前に飛んで来る。

これが、こわい。飛蝗は背のほうは乾いた皮におおわれているが、腹のほうは対照的にブヨブヨ湿っている。それが何とも嫌なのだ。性に合わないということだろうが、不気味さが生理に喰い込んでくる。そんなおもいをしながら道を歩いているとき、口笛が鳴った。

これは不思議なことだ。大人になってから分析してみると、唇に意識が集まると、鳴らない。さりとて、弛みすぎても駄目だ。唇のあたりが自然体になると、澄んだ音が出てくる。

土用波と飛蝗がこわくて、とかく筋肉がこわばっているとき、鳴るようになったのは不思議である。ともかく、口笛が吹けるようになって、一人前になった気がした。あとで考えると、あまりヒンがいいともおもえないし、侘《わび》しいところもあるが、そのときは嬉しかった。

そういえば、その一年前くらいか、家に遊びにきた大人が、その娘を連れていた。可愛い子だが、気軽に話しかけることなどとても出来ない。小学二年生が、同じ年頃の女の子に話しかけても、あるいは手をつないで遊んでも、誰も怪しみはしない。そういうことがしぜんに出来る子は、いくらでもいるが、私には不可能だった。つまり、異性としての意識がはやくも出はじめている。気を惹くつもりで、口笛を吹いてみたが、そのころはスースー音がするだけだ。口笛は、カッコいいものと思いこんでいた。あれが、性の目覚めなのだろうか。

もっとも、性といっても、アタマだけのものでカラダのほうは伴わない。

こどもの性教育ということが、近年しきりに話題になったことがある。そのとき、五、六歳の子供が、こう言った。

「そんなこと、いま教えてもらっても、オトナになるまでにわすれてしまうよ」

これには笑ってしまった。

メダル盗難

記憶というのはアヤフヤなものだ。六年間毎日のように通学した小学校が、四階建てだったか三階までだったか、おもい出せない。

この番町小学校は東京の都心にある有名校で、麴町《こうじまち》区（現在は千代田区）区立だったが、遠くから電車に乗って通ってくる生徒もいた。私の家は学校まで歩いて五分のところにあり、地域入学であった。

仮に、三階建てということにしてしまおう。鉄筋コンクリートの校舎が口の字型に建っていて、中庭はコンクリート舗装をされていた。六十年前のことである。

年に一回、この中庭で運動会がおこなわれた。私は運動神経は悪くなくて、走るのも速かった。「短距離」というとものものしいが、つまりは駆けっこで、この五十メートル競走で、二年生のとき一等になって金メッキのメダルを貰った。といっても、学年でトップというわけでなく、何組も走って一等は何人も出るのだから、当り前のような少し嬉しいくらいの気分だった。

教室に戻り、着替えを終えてフト気付くと、メダルの箱がなくなっていた。探したが見付からない。たった今、そこに置いたのだから、おそらく盗まれたのだろう。

仕方がない、とあきらめた。家に帰ったとき、

「五十メートルで一等だったけど、メダルはなくなってしまったよ」

と、祖母に報告した。

とたんに、祖母が怒り出した。

「嘘をついてはいけない」

と、言うのである。

「嘘じゃないよ」

不思議な気分になってそう言ったが、祖母はますます怒る。

「ほんとだよ、見にきていればはっきりしたんだよ」

といっても、見にきてもらいたかったわけではない。運動会に応援に出かけるような家風でもない。

親が私の生年を細工して「早生れ」にしたので、小学生の頃はチビだった。私自身は、徒競走で一等になっても当り前の気分だったが、祖母はそうはおもっていなかったようだ。

「ほんとなんだね」

祖母が念を押した。

「ほんとだよ」

「それなら、いいよ」

やりとりをしているうちに、わかってきた。自分の孫は一等ではなかったのに、見栄を張って一等になった、と言っている。証拠のメダルは紛失した、と誤魔化している。こういう態度は甚だよくない、と教育的気分になって、私を叱りつけたらしい、とわかってきた。

それと同時に、私は驚いていた。そういうアタマの動かし方は、私の中にはまったくないものなので、オトナになるといろいろそういうことがあって厄介なんだなあ、とおもった。しかし、それは私の間違いで、子供の頃からそういうことが身に備わっている人間がいくらでもいるのが、大人になってわかってきた。


（「MIC PRESS」一九九一年四〜九月号）

私と教科書

昭和二十年代から三十年初めにかけて、娼婦を題材にした作品を幾つか書いたので、当時は女性の読者を、自分の読者層から除外していた。到底受容れてもらえるものではないとおもっていたし、事実、私の小説を読むと顔を顰《しか》めてみせなくてはいけない、といったところが、女性にはあった。

まして、教科書に作品が入ることになろうとは、夢想もしなかった。たしか教科書は三年ごとに内容が変るとおもうが、中学三年用のものに入った「童謡」という作品はその度に生き残って、いま七年目である。

私の少年時代を扱ったものには、性的なものがほとんど出てこないので、その点が教科書向きなのかもしれない。私には「お医者さんごっこ」などの経験はまったくない。

これは、女性に無関心であったわけではなく、その正反対で、あまりに関心があり過ぎて近寄れなかった。信じ難いことかもしれないが、中学（旧制）高学年にいたるまで、同年代の女性と会話をしたことが一度もない。

教科書にはもう一つ、高校一年用のものに「子供の領分」という作品も入っている。高校二年になったばかりの少女が二人連れで訪れてきて、あの作品の主人公の小学五年生はほんとうにああいう感じ方をしたのか、と質問した。小学五年生にしては早熟すぎる、という。その作品は、私の体験をもとにしていて、心の動きはそのままである。私には、人間の感受性や感覚は、ものごころついてから一生変らない、と信じているところがある（ただし、セックスについての知識は子供のころには当然欠落している）。したがって、早熟すぎるといわれても、本当なのだから仕方がない。

「童謡」という作品は、「群像」昭和三十六年一月号に書いたもので、当然中学生を意識して書いたものではない。しかし、年少者にとってもそんなにわかりにくいものではない筈だ、とおもっている。

しかし、ときどき中学生から、こまかい点についての質問状がくることがある。一つの部分についての見解が二つに分れたので、どちらが正しいか教えろ、という。こういうときには、なるべく返事を出すようにしている。西郷竹彦氏の作品分析を読んだことがあるが、立派なもので感心した。また、「童謡」をどう読むかという座談会を読んだことがあるが、高橋宗近の見解に納得した。

終戦直後の同人雑誌仲間である高橋宗近は、詩人であり詩についての論客である。私の作品には、詩人風のところがあるので、あまり理詰めに考え過ぎると、肝心のものが抜け落ちる危険性がある。また、読者である中学生の傾向についてのリトマス試験紙的な作品でもあるとおもう。政治家になるか実業家になるか学者になるか小説家になるか、その反応によってかなりの程度わかるのではないか。

中学五年生の春、私は腸チフスに罹って、隔離室に入れられた。そのため、五年に留年することになった。「童謡」にはそのときの体験が底にある。腸チフスという病気は、現在では新薬の発見によって、比較的簡単に治る。昔は相撲の大関級の病気だった。時代によって、重さの変っている病気なので、わざと主人公の罹った病名をあきらかにしなかった。

極端に痩せていた少年が、みるみる肥って二倍くらいになり、また元に戻ってくる。そういう現象は、人を食った話のようだが、現実にそういう体験をした。ただし、小説として書くときには、その「人を食った」感じを面白くおもっていたことも、また事実である。

以下は、すこしも重要なことではないが、ふしぎに感じた事柄である。昭和四十四年度版からは訂正されているが、四十一年度版の教科書で、筆者紹介のところに、間違いがある。私の作品として、二つの短篇の題名があげられているのだが、二つとも違う。「暗い夏」「海の見える風景」と印刷されているが、二つとも書いたことのない作品である。おそらく「悪い夏」「海沿いの土地で」の間違いとおもってその旨申し入れたが、教科書だけにどうしてこういうことが起ったのか、今でも不思議で仕方がない。

（「国語教育」一九七一年五月号）

巻末エッセイ

三角波に向かう父親の頭

安岡章太郎

ずっと以前から吉行淳之介には短編の名手という定評があったかと思う。が、彼が本当に短編小説の文体をつくり上げ、かんがえたことを狙い通りに書けるようになったのは、昭和三十三、四年頃になってからだ、と私は考えていた。

下世話なことを言えば、短編の名手ともなれば三度の飯ぐらいは何とか食えるようになるはずだが、吉行に限らず私たち第三の新人の中で、芥川賞をとって直ぐ飯の食えるようになった者は誰もいなかった。吉行には感覚的にすぐれた天分があり、文章に切れ味の良さがあった。しかし、その半面、小説の中で自分の感覚的な表現をいちいち説明せずにはいられないような、へんな用心深さがあって、それが逆に感覚の鋭さを損なう場合もある。つまり気を回し過ぎるのだ。

その吉行が短編小説に独自の文体を作り上げ、余計な肉を削ぎ落して自在に動けるようになったのは、芥川賞をとって四年か五年たった頃、作品でいえば「娼婦の部屋」、「寝台の舟」、その翌年の「鳥獣虫魚」などの秀作をたてつづけに発表してからだろう。

しかし身近な友人の作品でも、一つ一つ丹念に読んでいるとは限らない。とくにお互いに職業作家として生活リズムが固まってきてからは、目は自分の仕事の方に向いて、他のことは疎《おろそ》かになりがちになった。それが十年ばかり前、手許《てもと》にあった吉行の作品をバラバラと見ているうちに、偶然「夏の休暇」を読んで目を見張った。

吉行の昭和三十年（三十一歳）の年譜によれば「この年も依然として病臥。たまたま（前年）芥川賞を受けたので、文筆で生計を立てることに決心した。もともと文学で生計は立ちにくいと考えていたし、自分の文学的才能の型からみても生計は立ちにくいと考えていたのであるが、それより他に方法のないところに追いこまれた」という、この「夏の休暇」はそんな時分に書かれたものだ。しかるに、これが非常にいい。

若書きとは言えないが、まだ未熟なところのある時期の作品だと思っていたのに、いま読むと、若々しいままに充分に思慮ぶかく、少年時代の吉行淳之介を若い父親吉行エイスケに投影させ、二重写しの父子像に描き上げて、昭和初期の時代背景とともに、ちょっと類例のない小説になっている。こんな作品を、おれはどうして今まで見落していたのか。私は早速、上野毛《かみのげ》の吉行の家に電話した。

吉行はおそらく昼間から寝込んでいたものか、受話器の向うで蒲団から這い出すような気配を窺わせながら、「ああ」とか「うう」とかいう不機嫌な声を発した。

「何だ、寝ていたのか、それは悪いことをした」

「いや、寝ていたわけじゃない、ただボンヤリしていただけだ」

「そうか、それなら良かった。じつは、いま君の『夏の休暇』を読んで甚だ感心したものだからね、驚いたよ、君があの年で、あんな小説を書いていたとはね……」私は、自分の感動をつたえるべく、あの作品を絶讃したのだが、吉行は余りはかばかしい反応を示さず、気のない口調でこんなことを言って、私をがっかりさせた。

「いまごろになって、あんなものを、いくら褒められたって、大して嬉しかねえや」

それはその通りに違いない。しかし、こちらも別段、吉行を喜ばせるつもりで、こんな電話をかけたわけではない。やはり吉行は昼寝の途中で起こされて、気難しくなっているにちがいないと思ったから、電話はそれでやめた。ただ、私は自分を納得させるために、もう一度、「夏の休暇」を読み直した。そして、ここに描かれているのは、早熟な子供が思春期の体の変調を、それとも知らずに感知して、それが都会の孤独と重なり合い、精神と肉体の憂鬱《ゆううつ》を倍増させる話かと思われた。

私自身、やはり小学五年生で弘前《ひろさき》から東京へ出てきたとき、真夏の大都市で過ごす休暇の憂鬱をイヤというほど体験させられた。それなら吉行の「夏の休暇」が出たとき直ぐに読んで、大いに共鳴し、感動していいはずであるが、そんな覚えは一向にない、それどころか読んだという記憶さえ殆《ほとん》どない。これは田舎で遊ぶ子供と違って、都会で暮らす少年の不幸は、じつに千差万別だからであろう。

私は、東京の街中で退屈きわまる夏休みを送ったあと、二学期からはズル休みばかりして、それは全く救いのない不幸な日々であった。同じエスケープしていても色川武大は毎日、神楽坂《かぐらざか》の家から徒歩もしくは駆け脚で浅草にかよい、レヴュー小屋の楽屋風呂に踊子と一緒に入っていたという。私の場合は青山墓地のなかの墓石のかげで一人で弁当を食って、そしらぬ顔で帰ってくるだけのことだから、ズル休みの内容に於《お》いて天地の差がある。それでも色川は当時を振り返り、まさに毎日が火宅の心境で一日として気の安まる日はなかった、と言っている。

一方、吉行（作中では一郎という名になっている）は、番町小学校でつねに「全甲」だった子だから、ズル休みなんかはしない。学校から帰ると何をするか。隣家と境いの塀から、物置のトタン屋根に飛び移り、そこから自分の家の屋根にのり、更に冒険心が昂《たか》まると二階の屋根によじ登ったりする——。以上、三人の男の子は、全員小学五年生であるが、誰も学校の友達というものがいないことだけが共通点で、あとは各人各様に孤独なのである。

《一郎が塀や屋根や石崖の上が好きなのは、ひとつにはその場所なら安全だという気持なのだ。一郎は勉強が嫌いだし、先生も仲間の生徒たちも嫌いだ。どういうわけか、すぐに気持も話もくい違ってしまう。つまり学校へ行くのが嫌いなのだが、あいにく小学生の一日の半分以上は学校で過ぎてゆくことになっている。学校から帰ってくるといつも一郎は自分の心がすっかり萎《な》えていることを感じる。まるで、心臓が箸《はし》の先でつまみ上げられた味噌汁《みそしる》の中のワカメの束のようだ。》

ところで、その日、一郎は屋根の下から、父親に呼ばれた。「一郎、ちょっと降りておいで」

一郎の父はめったに家にいたことがなく、たまに家に戻ると不道理なことで一郎を矢庭に叱りとばしたりする。しかし、その日の父は珍しく機嫌よく、「明日、船で大島に連れていってやる、三原山《みはらやま》に登ろう」といった。

大島は現在なら、ハワイに匹敵する観光地だろうか。「島の娘」という歌で芸者上りの歌手勝太郎が一躍全国に名を売り、「ハーア島で育てば」という歌詞から「ハーア小唄」は勝太郎の別名となり、それだけで彼女は当代一番の人気歌手であった。島には活火山三原山があり、その噴火口に飛込み自殺することが、また大変流行した。そんな大島に、父が突然、母をおいて自分一人を連れて行ってくれると言うのだ。一郎は当然昂奮した。しかし、こういう時には裏に何かがあることを一郎は感じていた。果して船が出航すると、自分と父親だけのつもりだった船室に若い女が一人あらわれ、父の隣に腰を下ろした。

一郎は、女が美人であると思うと同時に、父の顔がいかにも若々しく、その《横顔は、抵抗できぬ美青年のものとして、一郎の眼に映ってきた》という。一郎――というより淳之介といっていいだろう――の父も母も実際に異常に若く、父が数えの十九歳、母が十八歳のときに生れた子である。

《一郎が小学校の下級生になったころ、母の年齢はともかく、一郎より若い父親を持った生徒は皆無であった。一郎はそれが自慢で、級友の誰彼となく摑まえて、「きみのお父さんは、いくつだい」と訊《たず》ねた。相手は例外なく、一郎の父親の齢《とし》より多い数字を答えた。すると、武者修行に勝った武士のように、一郎は得意になった。》

読みながら私は、なるほど、と思った。ここにこの小説の――少くとも私にとっての――わかり難さがある。《母の年齢》ならともかく、《若い父親を持つ》ことが一郎にとっての自慢だというのが、私には全く不可解だった。とくに「きみのお父さんは、いくつだい」と訊いてまわる子供、これは不可解というより不快なものではないか。この小説が発表された昭和三十年には私は三十五歳になっていた。しかもなお、もし自分が東京の学校へ転校してきたとき、親父の年齢を問い詰めるような子供が同級生にいたらイヤな気がするだろうなと考える、それを思うと、どうやら私は「夏の休暇」をこの辺で一旦《いったん》、中止したのかもしれない。そしてその後、三十年ぐらいたって、あらためて読み直したのではないか。

それにしても吉行は苦労人だ。小学五年生にして、自分の父親の美貌に《抵抗できぬ》ものを感じるなど、その敗北感は何なのか、私には計り兼ねるものだ。もっとも昔の吉行エイスケを知る人たち、例えば井伏鱒二や井伏夫人、また川端康成夫人など一様に、エイスケ氏の美貌をたたえて「いまの淳之介さんなど問題でない」といわれる。だが写真で見る限りエイスケ氏の容貌のどこがそんなに優れているのか見当もつかない。四十代頃の淳之介の方が数等まさった器量としか思えない。

しかし、ここでは一郎自身の眼に、父親の横顔が《若々しい美青年》と映っていることが重要だ。親子二人で占領していると思っていた船室に美女が一人闖入《ちんにゅう》したことで、一郎は父親の恋愛旅行のダシに使われたことを悟る。その上、行く先ざきで美しい女将や女給や女中までが、父を間違えて「坊ちゃんのお兄さん」と呼ぶのである。一郎としては、もはや父親が若い美青年であることを誇る気にはなれない。父は父らしくあって貰いたいのだ。

無論これは小説だから、父と子の旅行に何人もの女人が現れて父にからむのは虚構であって、じつはそれは後年の淳之介の言行を父に当る人物と貼り合せて、父親と息子の物語につくり変えてあるのかもわからない。だが、そうだとしても、ここに出てくる父の姿はいかにも自由闊達で、息子はこの父親のわがまま勝手な行動に振り廻されて、へとへとになっている。いや、父に振り廻されているのは息子だけではない。途中から旅行に加った女人もそうだし、東京の家で留守をしている母もそうだ。「夏の休暇」の旅は一郎にとって、まさに人生の縮図であって、ふらりと家に帰ってきた父が、屋根の上にいる一郎を呼んで、いきなり「降りてこい、大島へ連れてってやるぞ」というあたりからそうなのだ。それは旅というより、旋風に巻きこまれて、父の後をキリキリ舞いさせられながら追っているだけであろう。

しかし、この旅とも言えないほど気忙《きぜわ》しい旅の合間にも、主人公一郎少年が着実に性に目覚め、一歩一歩生長して行くありさまが、様ざまのエピソードで描かれているのは美事《みごと》である。

最後は、熱川《あたがわ》温泉の海岸でなぜか不機嫌な父を、どう扱うべきか、あしらい兼ねて一郎も困り果てているところへ、「さわ子」と呼ばれるあの女性が黒い水着で、こちらのボートへ泳ぎ着いた。一郎は、父がこの女性を待ってジリジリして機嫌を悪くしていたことがわかった。折りから海は荒れて嵐になり、人が一人溺死したが死体も上らぬ程の荒天だ。父は、この騒ぎに昂奮して、

「俺も探しに行ってくる」と、いまにも海に走りこむ勢いだったが、さわ子が後から抱きついて、必死にこれを止めた。

翌日は台風一過の晴天で、父は「俺は海水浴をしてくる」と、押し止めようとするさわ子の手を振り切って海に入ると、抜き手を切って泳ぎ出す。一郎は、そういうガムシャラな父を黙って見送りながら、不安と同時に激しい怯《おび》えが体の中を突き抜けて行くような気もしたが、心の何処《どこ》かに解放感に似たものも感じている。《海では父親の頭が、黒い小さな点となって見えていたが、やがて海のひろがり一面に三角形に騒ぎ立っている波のあいだに紛れて、見えなくなってしまった》という一行がまことに印象的である。

（やすおか・しょうたろう　作家）

（『吉行淳之介全集』第三巻月報、新潮社、一九九七年十二月）

『子供の領分』と兄・淳之介

吉行和子

この期に及んで兄の小説をこんなに一生懸命読むことになるとは思わなかった。兄は本が出版されると、必ず母と妹と私、一人一人に持って来てくれた。私達は同じマンションに住んでいるのだから、一冊でいいのにね、と言いながらも、やはり嬉しかった。

それなのに、私は兄の小説は、さけて、さけて来た。一応は読んでいるのだが、深く入りこんでくることを恐れた。兄を知りたくなかったのだ。

エッセイは面白がって読んだのに、小説の中の兄を近づけたくなかった。小説の中の兄は勿論《もちろん》フィクションなのだが、私には、兄の内面がより強く伝わり、その辛さを思うと痛ましすぎた。

兄と私は十一歳年が離れている。子供の時の十一歳は大きく、どう近よっていいか戸惑った。その感情が大人になっても抜けず、だからうまくいかない。

日常でも会話は二、三言くらい。兄に言わせれば、こっちは悠然と構えているのに、きみの方が居心地悪そうなので、話が続かないんだよ、という。確かに私は兄といると固まってしまって、早くこの場から逃れたいと思った。他の男の人とはいくらでも話せるのに、変だナ、と不思議だった。

ある時、週刊誌で、三人の男性と続けて対談する企画があり、二人はすぐ決まったが、あと一人、誰がいいかと考えて、そうだ、この機会に兄と話をしよう、と思い付いた。仕事なら、ちゃんと話せるかも知れない。兄はしぶしぶだろうが引き受けてくれた。そして、兄妹の対談というのは、なんとなく気味悪いから、何故こうなったかを、先に読者に弁解してからはじめよう、と言った。

質問事項をいくつか用意していたにもかかわらず、すぐ話は行きづまってしまい、「もう困りはじめてるな、情けない。それじゃおれも考えなきゃな」と、何とか話を続けてくれた。さすが、対談の名手と言われているだけのことはある。有難かった。

二人で思い出話をするうち、一方が忘れていたり、記憶違いをしていたりするのがわかり、「こりゃ恐ろしいことだ」と面白がったものだ。

『子供の領分』に収録されている小説はわりと覚えていた。主人公が少年だから、まるで自分が姉になったような気持で、落ちついて読めたからだろう。

「夏の休暇」の一郎クンが屋根の上で遊んでいるのを知ると、妹と私は喜んだ。

終戦後、知人の家の二階を借りて、母と妹と三人で暮らしていた時、私達の遊び場は、そこの家の庭ではなく、窓から伝わって行ける隣の家の屋根の上だった。「お兄ちゃんと同じ」と嬉しかった。

収録作の中で、どれが一番好きかと言われれば迷うけれど、どれが一番恐ろしいかと聞かれれば、迷うことなく、「斜面の少年」と答えられる。

こんなにドキドキさせられた物語は無い。人間というものは、恐ろしい、と植えつけられてしまった。困ったものだ。

私が歪んじゃったのは、お兄さんのせいよ、と文句を言いたい。

この短篇集の中に登場する祖母や父は懐かしい。私の知っている二人と、作中の少年と過ごしている二人は年代的にもだいぶ離れているけれど、その感じは伝わって来る。

私が物心ついた頃、祖母はもう足が立たず、うす暗い部屋にいつも寝ていた。体の弱かった私は祖母の側《そば》に座らされて、編みものや、お裁縫を教わっていた。私にとっては優しいおばあさんだった。

でも元気な妹は目の敵《かたき》にされていて、私と一緒に遊びたくて近よってくると、祖母は目を吊り上げて、「お姉ちゃんは病気なんだから、そんな汚い足で近よらないで」と怒った。妹はすぐに玄関に行き、新しいゲタを履いて戻って来て、祖母の周りをぐるぐる廻《まわ》り、「これなら汚くない」と叫んだ。

祖母と妹の対戦の数々に心を痛めた私は、早く元気になって祖母の許を離れたいと思ったものだ。

大人になってから、私がちょっと面倒くさいことを口にすると、兄は、「盛代《もりよ》（祖母の名）バアサンに似て来たぞ」と嫌がらせを言った。

小説の中の父は、恰幅のよい、荒々しい男だが、私の中では、〝やさおとこ〟という感じだった。いつも着物をぞろっと着ていた。尤《もっと》も私は四歳までしか父を知らないのだから、後からの印象操作でそうなっているのかも知れない。父の生前、私は療養には海の側がいいということで、静岡県の伊東の知り合いの家に預けられていた。仕事で東京を離れられない母の代りに、小説を書くのを止めて、ぶらぶらしていた父が面倒を見てくれていた。

玩具を買って貰った覚えは無いのだが、父が色の付いたガラスの板を何枚も持って来て、これで外の景色を見てごらん、と言い、二人でずっと景色を見ていたのは、はっきり覚えている。赤、青、黄色、オレンジ、など、一枚ずつかざして、景色の変っていくのを楽しんだ。相当可愛がって貰ったと思う。私は父の肩車が大好きで、そのまま街を歩いていた。お父さんと一緒でいいね、と街の人が声をかけてくれて、私はご機嫌だった。

父が姿を見せなくなってから少し経って、東京に連れ戻された。

家に帰ると、玄関にヒョロヒョロの坊主頭の男の人が出て来て、「お兄さんよ」と誰かが教えてくれた。私達は黙っておじぎをした。長く入院していた兄を、私が初めてはっきり認識した日だった。

「梅雨の頃」を読むと、その頃の兄の様子が描かれていて興味深い。

当時は治療法も分らず死者を多く出した腸チフスになり、連日四十度の熱で、寝たきりの日々が続いた。

（略）父親は、一郎が入院してかなり日数が経ってから見舞に現われた。大きなメロンを一つ、持ってきた。

「メロンなんて、食べられやしませんよ」

と、一郎は疑わしげな顔で、父親の手もとを見詰めた。（略）

父親は、一郎の様子をじろじろ眺めまわしてから言った。

「虚弱児童には困ったもんだな。だからそんな病気にとりつかれるんだ。熱が下ったら、早速牛肉を百匁《もんめ》ずつ一度に食べさせてやる」

その言葉は、一郎の耳から入ると、頭の中で意味ありげな、残酷な音色にひびき渡った。


兄はよく、「何しろ死にかけている病人にメロンを持って来るようなオヤジだったからな」と言っていた。この時の話だったのかと納得した。一度しか見舞いに来なかった父は、それから間もなく狭心症の発作で急死した。

兄は退院した日に、その死を知らされた。

そんなある日、私達は会ったのだ。あのニコリともしない見開いた目と、白地に紺色の縞のパジャマ姿は、今でも目に浮かぶ。

兄は父親に対して、屈折した感情を持っていたようだ。その分、常に離れない愛情も持っていたと思う。

いつだったか、「オヤジの新しがった文章はすぐ腐る。だからボクは気をつけているんだ」と言った。

そのくせ父の作品には興味があることも、あからさまにしていた。

「売恥醜文《ばいちしゅうぶん》」という雑誌がある。清澤清志《きよさわきよし》さんと父のエイスケが、二人で創ったものだ。二人はまだ未成年だったので、発行人は清澤さんの年上の奥さんの名前になっている。長野に住む清澤さんと、岡山に住むエイスケがつくり、出来上ると風呂敷に包み、汽車に乗り、途中下車をしては、その土地の本屋さんに置いて貰っていたという。

兄は、何冊かは集めたが、創刊号の原本が見つからないと言っていた。

それが兄の死後、長野の清澤さんのお宅から見つかり、ご家族の方が送って下さった。NHKの朝の連続テレビドラマで、母の話が「あぐり」というタイトルで放送されたため、こうして多くの方が資料や写真を送って下さり、兄がいたら喜んだろうと、残念だった。

創刊号は、大正十三年四月発行、と書いてある。淳之介の生れた年だ。

編輯後記に、「子供を生むべしだ　金をもうける色男を生むべしだ　僕は二〇まえだ

が子供があるよ　早く若隠居がしたいからだ」と書いてある。まったく呆《あき》れる。

父が死んだ時、十六歳だった淳之介は、これからは自分が父親代りをしなくてはいけないのか、と重苦しい気分になったそうだ。「まあ、妹を売りとばさなかっただけでも幸いと思ってくれ」と、雑誌の対談の時も言っていた。

本物の父親がいたとしても、この小説の中に出てくる奔放な男だったら、安心してはいられなかっただろう。

これといった父親代りはしてくれなかったけれど、兄の細やかな心は私達を支えてくれていたし、母も妹も私も、兄が大好きだった。

作家として同じ道を歩んだ妹の理恵は、私などが想像出来ないくらいの緊張感で兄に接していた。電話もかけられなかった。

何度も入院していたのに、理恵は一度もお見舞いに行けなかった。兄が死んだ日、はじめて母と一緒に病院にかけつけた。妹は兄の近くまで行き、「ありがとうございました」と深く頭を下げたそうだ。

海外で仕事をしていた私は、兄の死を知らされ急いで帰り、出棺の日にやっと間に合った。母は棺に手をかけて、小さい声で兄に話しかけていた。妹は少し離れたところに一人で座っていた。苦しかった日々から解放されて、青年に戻ったような兄の顔を見て、なぜか私は、「よかった、もう安心ね」と言ってしまった。

（よしゆき・かずこ　女優）

初出一覧

夏の休暇　「文學界」一九五五年六月号
暗い半分　「知性」一九五五年十一月号
梅雨の頃　「文學界」一九五六年七月号
斜面の少年　「新女苑」一九五六年七月号
悪い夏　「新潮」一九五六年八月号
崖下の家　「別冊文藝春秋」一九五七年十二月
「暗い部屋」を改題
童　謡　「群像」一九六一年一月号
子供の領分　「群像」一九六二年四月号
窓の中　「文藝春秋」一九六五年一月号
春の声　「文學界」一九六六年三月号

『子供の領分』
単行本　番町書房、一九七五年十二月
文　庫　角川文庫、一九七九年十月
集英社文庫、一九九三年九月

編集付記

一、本書は番町書房版『子供の領分』（一九七五年十二月）から十篇を選び、発表順に収録したものである。新たに収めた随筆二篇を含め、『吉行淳之介全集』（新潮社、一九九七年九月〜九八年十二月）を底本とした。

一、全集に未収録の「暗い半分」「梅雨の頃」はそれぞれ『子供の領分』集英社文庫版（一九九三年九月）、角川文庫版（一九七九年十月）に拠った。新規収録の巻末エッセイのうち「三角波に向かう父親の頭」は初出を底本とした。「『子供の領分』と兄・淳之介」は書き下ろしである。

一、本文中、今日の人権意識に照らして不適切な語句や表現が見受けられるが、著者が故人であること、執筆当時の時代背景と作品の文化的価値に鑑みて、底本のままとした。

中公文庫

子供《こども》の領分《りょうぶん》

2021年10月25日　初版発行

著　者　吉行淳之介《よしゆきじゅんのすけ》

発行者　松 田 陽 三

発行所　中央公論新社

〒100-8152　東京都千代田区大手町1-7-1

電話　販売 03-5299-1730　編集 03-5299-1890

URL http://www.chuko.co.jp/

DTP　ハンズ・ミケ

印　刷　三晃印刷

製　本　小泉製本

Published by CHUOKORON-SHINSHA, INC.

Printed in Japan　ISBN978-4-12-207132-2 C1193

各書目の下段の数字はISBNコードです。978－4－12が省略してあります。

中公文庫既刊より

よ-17-14
吉行淳之介娼婦小説集成
吉行淳之介

赤線地帯の疲労が心と身体に降り積もり、街から抜け出せなくなる繊細な神経の女たち。「赤線の娼婦」を描いた全十篇に自作に関するエッセイを加えた決定版。

205969-6

よ-17-12
贋食物誌《にせしょくもつし》
吉行淳之介

たべものを話の枕にして、豊富な人生経験を自在に語る、洒脱なエッセイ集。本文と絶妙なコントラストを描く山藤章二のイラスト一〇一点を併録する。

205405-9

よ-17-13
不作法のすすめ
吉行淳之介

文壇きっての紳士が語るアソビ、紳士の条件。著者自身の酒場における変遷やダンディズム等々を通して「人間らしい人間」を指南する洒脱なエッセイ集。

205566-7

よ-17-9
酒中日記
吉行淳之介 編

吉行淳之介、北杜夫、開高健、安岡章太郎、瀬戸内晴美、遠藤周作、阿川弘之、結城昌治、近藤啓太郎、生島治郎、水上勉他――作家の酒席をのぞき見る。

204507-1

よ-17-10
また酒中日記
吉行淳之介 編

銀座や赤坂、六本木で飲む仲間との語らい酒、先輩たちと飲む昔を懐かしむ酒――文人たちの酒にまつわる出来事や思いを綴った酒気漂う珠玉のエッセイ集。

204600-9

よ-17-11
好色一代男
吉行淳之介 訳

生涯にたわむれし女三千七百四十二人、終には女護の島へと船出し行方知れずとなる稀代の遊蕩児世之介の物語が、最高の訳者を得て甦る。〈解説〉林　望

204976-5

よ-17-15
文章読本
吉行淳之介 選
日本ペンクラブ 編

名文とは何か――。谷崎潤一郎から安岡章太郎、金井美恵子まで、二十名の錚々たる作家が綴る、文章術の極意と心得。〈巻末対談〉吉行淳之介・丸谷才一

206994-7

た-30-28
文章読本 谷崎潤一郎
正しく文学作品を鑑賞し、美しい文章を書こうと願うすべての人の必読書。文章入門としてだけでなく文豪の豊かな経験談でもある。〈解説〉吉行淳之介
202535-6

た-30-27
陰翳礼讃 谷崎潤一郎
日本の伝統美の本質を、かげや隈の内に見出す「陰翳礼讃」「厠のいろいろ」を始め、「恋愛及び色情」「客ぎらい」など随想六篇を収む。〈解説〉吉行淳之介
202413-7

や-1-2
安岡章太郎 戦争小説集成 安岡章太郎
軍隊生活の滑稽と悲惨を巧みに描いた長篇「遁走」ほか、短篇五編を含む文庫オリジナル作品集。巻末に開高健との対談「戦争文学と暴力をめぐって」を併録。
206596-3

や-1-3
とちりの虫 安岡章太郎
ユーモラスな自伝的回想、作家仲間とのやりとり、鋭く笑える社会観察など、著者の魅力を凝縮した随筆集。阿川弘之と遠藤周作のエッセイも収録。〈解説〉中島京子
206619-9

や-1-4
私の濹東綺譚 増補新版 安岡章太郎
名作の舞台と戦争へと向かう時代を合わせて読み解く、昭和の迷宮への招待状。評論「水の流れ」を増補し、荷風『濹東綺譚』を全編収載。〈解説〉高橋昌男
206802-5

や-1-5
利根川・隅田川 安岡章太郎
流れに魅せられた著者が踏査したユニークな利根川紀行と、空襲前の東京の面影をとどめていた隅田川の思い出を綴った好エッセイ。〈巻末エッセイ〉平野 謙
206825-4

え-10-7
鉄の首枷 小西行長伝 遠藤周作
苛酷な権力者太閤秀吉の下、世俗的野望と信仰に引き裂かれ、無謀な朝鮮への侵略戦争で密かな和平工作を重ねたキリシタン武将の生涯。〈解説〉末國善己
206284-9

え-10-8
新装版 切支丹の里 遠藤周作
基督教禁止時代に棄教した宣教師や切支丹の心情に強く惹かれた著者が、その足跡を真摯に取材し考察した紀行作品集。〈文庫新装版刊行によせて〉三浦朱門
206307-5

各書目の下段の数字はISBNコードです。978－4－12が省略してあります。

い-42-3
いずれ我が身も
色川武大
歳にふさわしい格好をしてみるかと思っても、長年にわたって磨き込んだみっともなさは変えられない――永遠の〈不良少年〉が博打を友を語るエッセイ集。
204342-8

い-42-4
私の旧約聖書
色川武大
中学時代に偶然読んだ旧約聖書で人間の叡智への怖れを知った……。人生のはずれ者を自認する著者が、旧約と関わり続けた生涯を綴る。〈解説〉吉本隆明
206365-5

ち-8-2
教科書名短篇 少年時代
中央公論新社編
ヘッセ、永井龍男から山川方夫、三浦哲郎まで。少年期の苦く切ない記憶、淡い恋情を描いた佳篇を中学教科書から精選。珠玉の12篇。文庫オリジナル。
206247-4

あ-20-3
天使が見たもの 少年小景集
阿部昭
短篇の名手による〈少年〉を主題としたオリジナル・アンソロジー。表題作ほか教科書の定番「あこがれ」「自転車」など全十四編。〈巻末エッセイ〉沢木耕太郎
206721-9

い-37-6
晩夏 少年短篇集
井上靖
二度と戻らぬ、あの日々――。教科書名短篇「帽子」「赤い実」ほか、少年を主人公とする珠玉の十五篇。文庫オリジナル。〈巻末エッセイ〉辻邦生・椎名誠
206998-5

み-5-2
盆土産と十七の短篇
三浦哲郎
「盆土産」「とんかつ」など、国語教科書で長年読み継がれた名篇を中心に精選したオリジナル・アンソロジー。自作解説を付す。〈巻末エッセイ〉阿部昭
206901-5

ほ-12-16
あさつゆ通信
保坂和志
僕が山梨から鎌倉に引っ越したのは昭和三十五年九月、三歳十一ヵ月だった……。鎌倉を舞台に、小学生までの子ども時代を、現在から描く。〈解説〉松家仁之
206477-5

と-12-10
少年記
外山滋比古
五銭で買った「レントゲン」、父からの候文の手紙、教練でとった通信簿の「でんしんぼう」、恩師と食べたまんじゅうの涙――思い出すままに綴った少年記。
205466-0